北の御番所 反骨日録【二】

雷鳴

凉也

双葉文庫

目次

雷鳴　北の御番所 反骨日録【二】

第一話　深川伊勢崎町《ふかがわいせざきちょう》騒動一件

一

北町奉行所《きたのごばんしょ》内での雑物《ざつぶつ》差し替えの一件が密《ひそ》かに落着してから、用部屋手附同心《ようべやてつきどうしん》の裄沢広二郎《ゆきざわこうじろう》は本来の自身の仕事へ完全に復帰した。

宿直番《とのいばん》のときに急報を受けて向かった先で受けた傷もすっかり治っており、まずは「ほっとひと息」というところである。

その日も普段どおりに仕事を終えて帰宅しようと、奉行所の建物を出て表門へ向かう。すると門に連《つら》なる長屋塀《ながやべい》に設けられた同心詰所《どうしんつめしょ》から、ヌッと現れた大男とばったり出くわした。

見慣れた相手であるのに思わず足を止めそうになったのは、丈《たけ》も横幅も無用に大《でか》い男であるからというばかりでなく、当てられた者が思わず身構えてしまうような怒気《どき》を撒《ま》き散《ち》らしていたからだ。

「オイオイ、ただでさえ赤子が見たら引き付け起こすようなご面相《めんそう》だってえのに、今にも嚙《か》みついてきそうな表情《つら》をしてんじゃないよ」

言われたほうは裄沢を一瞥《いちべつ》するや、フンと鼻息ひとつだけで応じる。

裄沢とは竹馬《ちくば》の友《とも》と言えるほど付き合いの長い、定町廻《じょうまちまわ》り同心の来合轟次郎《らいごうごうじろう》が睨《にら》みつけるようにこちらを見下ろしていた。ただ普通に向き合っているだけでも、六尺（約百八十センチ）近い大男の来合相手だとこうなってしまうのだ。

仏頂面《ぶっちょうづら》はいつものことでも、周囲に見境《みさかい》なく嚙みつきかねないような姿は尋常《じんじょう》ではない。窘《たしな》められてすら気を鎮《しず》めようとしないのも、見掛けよりはずっと道理をわきまえているこの男らしくはなかった。

まあ、相手が気心の知れた裄沢だからなのではあるのだろうが……。

「ちょいと付き合え」

来合はぶっきらぼうに言ってくる。

「……ああよ」

返事も聞かずに勝手に歩き出した大男の背へ、裄沢は素直に従った。

来合が裄沢を伴ったのは、以前にも来たことのある一石橋袂《いちこくばしたもと》の蕎麦屋《そばや》――というか、蕎麦屋兼業の一杯飲み屋だった。

「親父、二階を借りるぞ」

裄沢が見世《みせ》の中に入りきらぬうちに、来合は奥の板場へ向けてひとこと言い放つや、返事も聞かずにそのまま階段へと足を向けた。

「酒は三、四本まとめて持ってこい。つまみは適当に。それから一度に運んだ後は、呼ぶまで誰も寄越《よこ》すな」

段を一歩踏んだところで足を止め、上体を板場のほうへ傾《かし》げて注文する。後はさっさと上がっていった。

「へーい」

板場から、注文主の姿が消えた見世の中へのんびりした声が返ってきた。

ようやく中へ踏み込んだばかりの裄沢が、来合の消えた階段から見世の中へと視線を移す。

客の多くが、突然現れた熊のような大男の言動に呆気《あっけ》にとられていた。ぐい呑《のみ》を口に運びかけたまま固まっている者までいる。

裄沢は申し訳なさを感じながらも、詫《わ》びを口にするのも何か違うような気がして、視線を逸《そ》らしつつ来合が昇っていった階段へと足を進めた。

二階は、四畳半ほどの小部屋が二つだけのようだ。手前の部屋の襖《ふすま》が開け放たれたままで、来合がどっかりと座り込んでいた。胡坐《あぐら》をかいた大男は、腕を組んでむつかしそうな顔をしたまま目を閉じている。

――だいぶ、ご機嫌斜《きげんなな》めのようだな。

そう思いながらも観察はすぐにやめて自分も部屋へと踏み込んだのは、背後から階段を上がってくる軽い足音が聞こえてきたからだった。

注文の品を運んできた小女が、お銚子《ちょうし》と呼ぶには少々大ぶりの小徳利《こどつくり》と各々《おのおの》のぐい呑を並べる間、来合の向かい側に座った裄沢はやることもなく部屋の様子をぐるりと見回した。いまだ来合は、目を瞑《つむ》ったままひと言も発しようとはしていないからだ。

――どうやら客のための小座敷というよりかは、見世の親父が普段いるための場所のようだな。

手持ち無沙汰《ぶさた》のまま、益体《やくたい》もないことを考える。

「肴《さかな》のほうもすぐにお持ちしますから」

小女は来合の無愛想さには馴れているのか、裄沢へ明るく愛嬌《あいきょう》を振りまいていったん部屋から出ていった。

　来合はまるでそれを待っていたかのように、おもむろに目を開け腕組みを解くと酒に手を伸ばす。自分の誘った男が向かい側にいるのに目もやらず、手酌《てじゃく》で酒を口に放り込むと無言のまま同じ動作を繰り返した。

　その様子を黙って見ていた裄沢がようやく口を開いたのは、再びやってきた小女が酒肴《しゅこう》を並べて去っていった後だった。

「で、何があった」

　問われても聞こえないかのように来合は黙っている。それでもようやくぐい呑は置いて、今度は肴に手を伸ばした。

　軽く炙《あぶ》った鰯《いわし》の干物《ひもの》を行儀悪く手づかみにし、頭も骨も気にせずバリバリと食い千切っていく。悪党面《あくとうづら》した大男だから、よくも悪くもこういう姿が似合っている——などと口にしたら、本気で殴られそうだ。

　裄沢は、自分のほうから話を持ち掛けることにした。

「今日の午過《ひるす》ぎに、室町《むろまち》さんが慌《あわ》てて御番所から出てったようだが」

　臨時廻《りんじまわ》り同心の室町左源太《さげんた》のことである。臨時廻りは定町廻りの補佐役として、その指導・助言にあたる熟練の同心だ。

特定の定町廻りと組になってお役に就《つ》いているわけではないが、来合に付くことが多い男だった。

「お前んとこへ出張《でば》ってったんじゃないのかい」

定町廻りは江戸の市中を六人で分担し、日々巡回して異常の有無を確かめて回ることを常《つね》の仕事としている。そこへ臨時廻りが加わるのは、何か重大事が起こった場合である。

来合は目の前に並べられた肴からチラリと目を上げると、すぐに戻してようやく言葉を発した。

「何があったかは、お前も聞いてんだろ」

「ああ、無礼討《う》ちがあったとか」

周りの連中が口にしていた噂《うわさ》を小耳に挟《はさ》んではいた。

「なぁにが無礼討ちだ！」

来合が吐き捨てた。

「違うのかい？」

裄沢の問いに、しばらく押し黙った後、ようやく呟《つぶや》くような返事が来た。

「そうなっちまうんだろうな」

今までの怒りが嘘《うそ》のように、肩を落としている。大きな体が一回り小さくなったように見えた。

裄沢は、ようやく自分の前に置かれた小徳利に手を伸ばし、ぐい吞に酒を注《つ》いだ。

「最初っから話してみろ」

ぐい吞を持ち上げゆっくりと口に含んだ裄沢へ、来合は視線を落としたまま訥々《とつとつ》と語り始めた。

「おいらが深川《ふかがわ》の南端のほうから順繰《じゅんぐ》りに市中を見回ってると、もうとうに回り終えた仙台堀《せんだいぼり》の伊勢崎町《いせざきちょう》から、定番《じょうばん》（自身番《じしんばん》の雇われ人）が駆けつけてきやがった」

江戸に仙台堀と呼ばれる堀川は二カ所あって、一つは神田川《かんだがわ》の一部、お茶《ちゃ》の水《みず》と呼ばれる辺りの流域を指す。徳川家康《とくがわいえやす》が江戸の町を作り上げる際に、神田川を大川《おおかわ》へ通すため、仙台藩祖《はんそ》の伊達政宗《だてまさむね》公に命じ駿河台《するがだい》と呼ばれる丘陵部《きゅうりょうぶ》を掘削《くっさく》させた難工事から名が付いた。

もう一つが今来合の話に出た、深川の仙台堀だ。こちらは、大川沿いに建つ仙台藩蔵屋敷の脇を流れていることからこの名で呼ばれている場所だ。

伊勢崎町は仙台藩蔵屋敷の東隣で、仙台堀の北側に細長く張り付くように所在する町人地である。

「定番が言うにゃあ、町内で人が侍に斬られたって話だった。おいらは市中巡回を取りやめて、急ぎ刃傷《にんじょう》があったってえ場所に向かった。

行き着いてみると、騒ぎのあった場所はもう取り片付けられた後だった。斬られたって男は自身番に引き取られてたけど、もう冷たくなってたよ。で、斬ったほうの侍は影も形もねえ――町方が来るまで待ちもしねえで、さっさと行っちまったそうだ」

「その侍がどこの誰だかは判《わか》ってるのかい」

「旗本寄合席庵保右京之介《よりあいせきあんぼうきようのすけ》の用人、山崎逸平《やまざきいっぺい》って野郎だった――偶々《たまたま》男が斬り殺された場に行き合わせた通行人の中に、山崎の顔を見知ってる鳶《とび》の頭《かしら》がいてな。斬り捨てた相手を見下ろしながら刀に拭《ぬぐ》いをかけてる野郎に、『山崎様』って声ぇ掛けたそうだ」

気の荒い鳶職連中をまとめている男ともなれば肚《はら》は据《す》わっていようが、それにしても人斬りのあったその場で人を斬ったばかりの男に声を掛けたというのだから、その度胸には感心させられる。

「で、声を掛けられた山崎は、誤魔化《ごまか》しは利かねえと悟ったからかどうか、『これは無礼討ちだ、町方のほうで用があるなれば屋敷に参れと伝えておけ』と言い放って、そのまんま歩き去っちまったってことだった」

「御大身《ごたいしん》の家来か……」

通常、家禄《かろく》三千石以上の旗本を「御大身」と呼ぶ。無役の御家人や旗本は小普請組《こぶしんぐみ》にまとめられるが、三千石以上の旗本の場合は「寄合席」と称して別扱いされたため、裄沢は庵保のことを知らなくともそう判断できたのだった。

裄沢の呟きに、来合は口をへの字に曲げた。

「お役を与えられなくって屋敷は川向こう（大川以東）の深川だってんだから、たぁだご先祖が偉かったってだけのボンクラだってぇなぁ、判りきったこったろ」

川向こうになる本所《ほんじょ》・深川はもともとの江戸には含まれていなかったばかりか、大川を国境《くにざかい》として統治区分からして別扱い（下総国《しもうさのくに》）であった（江戸は武蔵国《むさしのくに》）。それが、江戸の町の発展に伴い次第に人が増え町並みが整っていき、ようやく正式に御府内《ごふない》に組み入れられたのは吉宗《よしむね》が八代将軍になるより少し前のことだ（正徳《しょうとく》三年〔一七一三〕に町方支配となる）。

言うなれば新興地であって、幕府で重要な役職に就くような旗本が屋敷を与えられる「格式高い」土地ではない。

二

裄沢は、珍しく言い掛かりのような悪態《あくたい》をついた来合を静かな目で見返した。

「で、確かに無礼討ちだったのかい」

問われた来合は、ますます不機嫌な顔になる。

「北のほうから歩いてきた男を後ろから追いついた山崎が呼び止めて、二人して突っ立ったまんまいくらか話をしたらしい。ただ、それを近くで聞いてた者はいねえから、実際どんなことが話されてたのかまでは判らねえ。

けどよ、周りの者たちが特段気にするほど変わった様子もなかったのに、いきなり山崎が抜きつけて斬り殺したように見えたとよ。斬った後も、山崎は落ち着き払って手前《てめえ》の刀の始末をしてたようだ」

日本刀は鉄の塊《かたまり》であるから、血や脂《あぶら》が付いたままにしておくとすぐに錆《さ》びる。相手を殺すほどに深く斬りつけたならば血振《ちぶ》りをくれたぐらいでは済まず、その場では懐紙《かいし》や馬の裏皮《うらかわ》などで丁寧に拭き取った上、念を入れたければさらに研《と》ぎ直しに出すほどの手入れが必要なのだ。

来合の話を聞いた限り、山崎という用人は一件の最初から最後までずいぶんと冷静に対処しているようで、呼び止める前からもう相手を斬る肚づもりであったようにも思われる。

まあ、そうであっても無礼討ちが成立しないとまでは言えないのだが。

「……斬られたほうは、山崎の知り合いか？　朋輩《ほうばい》か何かなのかい」

「彦兵衛《ひこべえ》ってえ名の町人だ——富久町《とみひさちょう》にある『五十鈴屋《いすずや》』って菓子屋の主《あるじ》だ。見世は小せえが、『亀髯《きぜん》』とかいう銘菓《めいか》で名が売れてて、そこいらの寺にも出入りがあるってえ老舗《しにせ》らしい」

富久町は、無礼討ちがあったという伊勢崎町から仙台堀を渡って南へ下った先にある。近くには中小の寺が建ち並び、もう少し足を伸ばせば霊巌寺《れいがんじ》や富岡《とみがおか》八幡宮のような大きな神社仏閣も建っている場所だけに、こうした寺社から贔屓《ひいき》を受けているなら見世が小さくとも商売は十二分に成り立っているはずだった。

そういえば昔、本所方《ほんじょかた》のお役に就いていたときに、見世や菓子の名を聞いたことがあったような気もする。

「で、その彦兵衛と山崎の関わりは」

「まだ調べはついちゃいねえが、どうやら『五十鈴屋』は山崎が奉公する庵保家にも出入りしてたようだ」

「てえことは、その山崎からどういう話が聞けるかで、ずいぶんと事情が変わってくるってことになりそうだな」

〈町人が武士に暴言を吐いたり無体《むたい》を働いたりした場合は、無礼討ちにして何ら差《さ》し障《さわ》りはない〉というのは建前《たてまえ》であって、こうした行為が必ず無罪放免となるわけではない。よほど酷《ひど》い無礼があったと認められない限りは、相手を斬った武士のほうへも軽くはない譴責《けんせき》がなされた。

こたびの無礼討ちが町人地で行われたということもあり、一件の原因や推移は町方が慎重に調べるべき案件なのだ。

それを念頭に水を向けた裄沢へすぐには応《こた》えず、来合はぐい呑の酒を一気に呷《あお》った。

「たぶん夕刻前のこったろうけど、お奉行んとこに客があったろう」

逆に問い返してきた来合の目は、まるでこちらに喧嘩《けんか》を吹っ掛けようとしているのかと疑いたくなるほど殺気に溢《あふ》れていた。

裄沢は、陽《ひ》が傾きかけたころのいくぶんか弛緩《しかん》した職場の様子を思い出す。裄沢が勤務する御用部屋は、奉行も奥のほうで執務を行っている場所なのだ。

「ああ、そういやあ誰か訪ねてきたって、内与力《うちよりき》の人らがバタバタしてたような……」

内与力は町奉行の秘書官的なお役で、裄沢が就く用部屋手附同心はその下役として内与力の補佐をすることが主な仕事となっている。町奉行、内与力、用部屋手附同心は同じ一つの御用部屋という大きな部屋で仕事をしているのである。

そして町奉行に面会を求めてきた者の全てと、奉行が直《じか》に会うわけでもない。大身旗本本人ならばともかく、その用人が訪ねてきただけなら、おそらくは内与力が代理で対応に当たったのだろう。

「庵保家の筆頭用人だったそうだ」

来合が吐き捨てた。

「？」

内与力と同じ部屋で仕事をしていながら、裄沢はこの来客について何の話も耳にしてはいなかった。付き合いのいいほうではないから同僚の噂話が伝わってこなかったということもあろうが、おそらくは来客の用件が内密にされたのだろう。

「その、乗り込んできた客って野郎がだ」

「……山崎ではなく？」

当人が事情を説明するため直接足を運んだのかと思ったのだ。

「山崎なんざ、用人の中でも下《した》っ端《ぱ》もいいとこだろうさ」

「つまり、彦兵衛が斬られたのは山崎個人との行きがかりってよりかは、御大身の庵保家から命を狙われたんだと？」

「あるいは山崎が、庵保家にとってどうしたって庇《かば》ってやらなきゃならねえほど大事な人物なのか、だ」

怒っている割には、来合が意外に冷静な判断をみせた。こういうところは、さすがに若くして廻《まわ》り方《かた》（町方同心の中で、市中の治安を守る定町廻り、臨時廻り、隠密廻《おんみつまわ》りの三つの役職の総称。三廻《さんまわ》りとも言う）に抜擢《ばつてき》された男である。

「ふーん、どっちだろうな——町奉行所《ごばんしょ》まで乗り込んできた筆頭用人が何て言ってたか聞いたのかい」

「詰所に残ってた柊《ひいらぎ》さんから聞かされた」

柊壮太郎《そうたろう》も臨時廻り同心である。おそらくは、町奉行所へ乗り込んできた庵保家の筆頭用人から聞かされた事情を、内与力の古藤《ことう》から告げられる前にあらかじめ知らせておこうと、「無礼討ち」の後始末をしていた来合や、その代わりに市中見回りの残りをこなした室町たちを待っていたのだろう。さほどに、庵保家用人がやってきてからの事態の進展が異例であったと伺わせる話の流れであった。

来合は不快そうに続ける。

「彦兵衛は庵保家の集まりで無礼極まる悪口雑言《あっこうぞうごん》を吐き散らし、勝手に退出したゆえ、そのまま捨て置くわけにはいかずにあのような仕儀《しぎ》となった。ことの次第は集まりに出ていた僧侶多数が見ておったから、必要なればそちらから事情を聞くがよい――って話を、古藤さんが先方の筆頭用人から受けたそうだ」

「へえ、坊さんねえ――坊さんが、なんで旗本のとこに集まってたんだ？」

裄沢のふとした疑問へは、にべもない応えが返ってくる。

「知らん。おおかた川向こうに追いやられたような寄合席じゃあ、重職に取り立てられてるような連中にゃあ相手にもしてもらえねえから、近所の坊主どもでも集めて暇《ひま》ぁ潰してたんじゃねえのか」

来合の返答には不足を覚えたが、とりあえずは措《お》いておき、先ほどからの話題に戻った。

「そいつはともかく、古藤さんは相手の言い分を『お説ごもっとも』ってそのまんま承《うけたまわ》ったのかい」

三人いる内与力の中で最も頼りない人物が古藤だとはいえ、ひと一人亡くなっているような刃傷沙汰をそれで済ますとは思えなかった――が、来合の怒りようからすると、どうやらあり得ないことが実際起こっているように思われる。

来合は不機嫌を隠そうともせず思いをぶちまけた。

「内与力っつったって、所詮《しょせん》はただの腰掛けだ。町奉行所ん中でちょいと力のあるような野郎がしゃしゃり出てくりゃあ、言い返せもしねえで日和《ひよ》っちまうのさ」

先祖代々同じ町方役人の仕事を受け継いでいく町奉行所与力同心の中で、唯一例外なのが、幕臣ではなく奉行個人の家来である内与力だ。

その身分から奉行に最も近い立場にある一方、町方の仕事に関する知識の深さでは脈々と受け継がれてきた他の与力同心にはどうしても及ばない。古株や「顔」になっているような者を相手にした場合、自信のなさから及び腰になってしまうことがあるのだ。

裄沢は、来合の言いように引っ掛かりを覚えた。

「誰か、やってきた筆頭用人に肩入れしたような野郎でもいたのかい」

来合がぐい呑を乾《ほ》しながら唸《うな》ったのは、肯定の意味だろう。

「お前さんは、その庵保家の出入りじゃないんだな」

ここまでのやり取りで違うことは明らかだが、いちおうは確認した。

商家などだけではなく、少なからぬ家臣や奉公人を抱えていることで問題を起こす者が出てきやすい大名家や高禄旗本も、万一に備えて町方役人のうちの特定の者と誼《よしみ》を通じているのが当たり前の時代である。

来合はさも嫌そうに「ああよ」と自分が庵保家の「出入り」でないことを認めた上で付け加える。

「お高くとまってる御大身からすりゃあ、同心風情《ふぜい》じゃ不足だとよ――もっとも、あんなとこに出入りすんなぁこっちから願い下げだけどな」

「じゃあ、誰が？」

「与力の瀬尾《せお》さんだ」

「吟味方《ぎんみかた》の……」

来合から返事がなかったから、間違ってはいないということになる。

誼を通じる町方役人として頼もしいのは三廻りの同心だが、豪商や身分の高い武家となると与力に出入りを願う者も多い。その場合希望が多いのは、奉行所内で力のある吟味方や年番方《ねんばんかた》だった。

吟味方与力が本役、助役《すけやく》、見習いと三段階の職位に分かれている中で、瀬尾は真ん中の助役。今のお奉行の前任者、初鹿野河内守信興《はじかのかわちのかみのぶおき》になぜか気に入られてその晩年に吟味方に抜擢されたが、以後鳴かず飛ばずのまま今日《こんにち》まで至っているという男らしい。

「すでにもういい歳だから本役に上がるのは望み薄、もしかするとそろそろ他のお役へ転じられるかもしれない」というのが、このごろ奉行所内で囁《ささや》かれている噂である。

「瀬尾さんが、乗り込んできた筆頭用人を助《す》けてたと」

「助けてたってよりかぁ、お先棒《さきぼう》を担いでたようだったたって話だな。まるで町役人じゃあなくって、向こうの旗本家の雇われ人みてえだったたってな」

何もかも気に食わぬという様子で、香《こう》の物《もの》を口に放り込んだ後の箸《はし》を投げ捨てる。

「で、お前さんは古藤さんに言いくるめられて、機嫌を損《そこ》ねたっててか」

思わず漏《も》れ出た感想に、来合が睨みつけてきた。

「どんな話になるかぁ、柊さんから軽く聞いただけで判りきってた。土性《どしょう》っ骨《ぼね》のねえ内与力の相手なんざ、みんな室町さんに任せちまったよ」

本来、臨時廻りの室町は定町廻りを補佐するだけの立場であり、一件に主体となって動かねばならないのは来合のほうだ。にもかかわらず大事なところを「お任せ」にしてしまったということのようだ。

まあ、「なにごともなし」で済まそうとする古藤に来合が直接相対《あいたい》したら、無事には終わらなかっただろうという想像はつくが。人の良い分だけ余計なことにまで手を貸して回る室町の苦労が、つくづく思いやられた。

古藤とのやり取りを戻ってきた室町から聞かされ、さらに宥《なだ》められても怒りが収まらぬまま憤然《ふんぜん》と奉行所を出ようとしたところで裄沢にバッタリ会った。で、ここまで付き合わされたのが今の状況ということだろう。

「お前なぁ」

呆《あき》れ声が出てしまう。

放り出した自覚のある来合は言い訳じみた口調になる。

「だって、どうしようもねえじゃねえか。瀬尾さんはどうあっても無礼討ちで収めちまおうってつもりのようだし、古藤さんじゃあそれを押し返すだけの肚はねえしな」

「お奉行は、今日は――」

「評定所《ひょうじょうしょ》だろうが」

今度は来合のほうが呆れ顔で見返してきた。

「……そういや式日《しきじつ》（定例会議の開催日）だったな」

評定所は幕府における重要事項の議決機関であり、南北の町奉行はその中でも責任ある地位を占める構成員である。ここで行われる各種評議に参加する日だと、登城した奉行の戻りは遅くなった。この日は、何があったか特に帰りが遅かったようだ。

今日は調べ物で席をはずしていることが多かったとはいえ、外回りの来合に言われて思い出したのは用部屋手附同心として失格だ。それはともかく、今後の成り行きを考えてみた。

――相手の言い分に唯々諾々《いいだくだく》と従ったとなれば、自分の面目も掛かってる。古藤さんのことだから、外出《そとで》してその場にいなかったお奉行にこんな面倒臭い話を上げはしないだろうな。他の内与力にしたって、わざわざ同輩の足を引っ張るようなマネをするはずもない……。

内与力連中は、奉行所から離れた後もずっと同じお家に仕えていく仲間である上、今の職場では周囲の与力同心の中で自分らだけが異分子なのだ。こんなつまらぬことで仲間割れをするような危険は冒《おか》さず、むしろ見て見ぬ振りで結束する方向に動くものと思われた。

たかが小さな商家の主一人、いなくなったところで大勢に影響はない——それが、「ただ今現在、偶々自分のところの殿様が町奉行職にあるというだけの旗本の家来」の本音《ほんね》であろう。

——なら、こたびの一件は、そのまんま蓋《ふた》をされて終わりか。

むくむくと、胸の内から湧き上がってくる思いがある。己のすぐ目の前には、事態の推移にどうにも納得がいかず荒れる男の姿があった。

「轟次郎」

呼び掛ける声は大きくなかったが、その静かな言いように来合は却《かえ》って意識を惹《ひ》き寄せられた。

裄沢はひたりと目を据えていた。

「で、お前さんはこのまんま、目ぇ逸らしとくつもりかい」

「馬鹿にすんじゃねえ」

来合はギロリと睨みつけてきた。二階で周囲に人がいないとはいえ見世の中だから怒鳴りはしなかったが、目力《めぢから》だけで人を殺せそうなほどの威圧感がある。

それでも黙したまま平然と先を促《うなが》す裄沢へ、続きを口にした。

「俺保家のほうへ直に手は出せなくとも、探りの入れようはいくらだってある。このまんま見て見ぬふりをしたとあっちゃあ、恥ずかしくって明日っから町方だって胸ぇ張って見回りするなんぞ、とってもできねえことんなるからな」

視線を緩《ゆる》めた裄沢へ、しかしながら来合は一転弱気な表情になって「ただなぁ」と付け加える。

「調べんなぁいいんだが、問題はそっからどうすっかだよなぁ」

内与力の古藤と吟味方与力の瀬尾によって無礼討ちで決着したことになっている一件に、異論は挟みづらい。手続き上から言えば、町奉行所としていったん結論を出している以上、この先何か調べるとなると担当は武家を扱う目付《めつけ》となるのだ。

仮に来合の私的な探索で山崎の「無礼討ち」に疑問が出てきたとしても、それが目付を動かせるほど確たるものになるかはなかなか難しいところだった。

それればかりでなく、町奉行所で決着したことをひっくり返すために町方同心が目付へ訴え出るとなれば、自身の所属する奉行所とお奉行の面目を失わせることになるのを覚悟しなければならない。

いくら猪突猛進《ちよとつもうしん》の来合とはいえ、己が動いた後の成り行きにはさすがに気が退《ひ》けるものを覚えているようだ。

「お前らしくもない」

あまりにあっさりとした言い方を耳にして、来合は意表を衝《つ》かれた思いで顔を上げた。

裄沢は、今にも口元に微笑《びしよう》を浮かべそうな顔でこちらを見ている。

「まだ調べもしないうちから、何を思い悩んでる。まずはやってみて、それからだろ」

「そうか……そうだな」

背中を押された来合は、己を奮い立たせるようにぐい呑の酒を一気に乾した。

三

それから数日後、裄沢と来合の姿が深川富久町の一軒の商家の前に見られた。

来合はいつもの廻り方の格好だが、裄沢のほうは普段着の着流しになっている。この日は非番《ひばん》（休日）の裄沢が、来合に頼んで『五十鈴屋』に連れてきてもらったのだった。

来合が訪《おとな》いを入れて、二人は表戸を閉めたままの『五十鈴屋』に招き入れられた。奉公人や職人もおらず、客の姿も見えない菓子屋はひっそりとしていた。

仏間に案内された二人は、作られたばかりの位牌《いはい》に手を合わせる。

わざわざ弔問《ちょうもん》に訪れた二人に、茶が供《きょう》された。応対したのは、亡くなった見世の主の女房と娘だという二人の女だった。

みさという名の女房は、面《おも》やつれを感じさせながらも裄沢たちへしっかりと礼を口にした。まだ幼さを残す顔立ちの娘のあきのほうは、茶を二人に供した盆を脇に置いて静かに母の隣に控えている。

「その節は、来合様にはいろいろとお気遣いをいただきまして」

「いや、お役目を果たしただけだ。気にせんでもらいたい」

内心ではその「役目」が十分果たせていないと感じている来合の口は重い。

みさの目が、来合の隣へと移った。

「で、失礼ながらそちらのお武家様は」

桁沢はここまで、線香をあげさせてくれとのみ告げて入り込んだ来合に、黙って従っていただけだった。問われて初めて口を開く。

「それがしは、この来合と同じ北町奉行所で用部屋手附同心を勤めている裄沢広二郎と申す。以前、本所方のお役に就いていたときに、亡きご主人に世話になった者にござる」

本所方同心を勤めたことがあるのは事実だし、老舗の主というからにはおそらく一度ぐらいは顔を合わせていただろうが、実際のところ記憶に残ってはいない。ただの口実《こうじつ》だった。

「さようでございましたか」

普段付き合いのない武家がわざわざ香華《こうげ》を手向《たむ》けに来てくれたのだから、疑う理由などない。みさは嬉《うれ》しげに応じた。

「とはいえ、もう十年も前の話になりますけれど。情けないことに、憶《おぼ》えているのは右も左も判らぬそれがしに、いろいろとこの町のことを教えてくださったということだけなのだが」

「それでも、こうやって来てくださったのですから」

感謝の言葉にさすがの裄沢も後ろめたささを覚え、慌てて話を変えた。

「いろいろとたいへんであろうが、見世のほうはまだ開けないのか」

みさは落ち着いた顔で頷《うなず》いた。

「主人も亡くなったことですし、このまま閉めようかと思っておりまして」

「それは……贔屓にしている客もおられように」

目を見開いた裄沢に、みさは薄く微笑《わら》って答えた。

「幸い、同業のお仲間で、職人ともども手前どもの菓子を引き継いでくださるというところがございますので」

そこまで話はついているということのようだ。

裄沢が、自分の隣をチラリと見やる。それを受けて、来合が口を開いた。

「女将《おかみ》。こんなときに済まねえが、旦那のことについてもう一度話を聞かせてもらいてえ」

みさは顔を曇らせることもなく、はっきりと応える。

「お役目ですから、どうぞご遠慮《えんりょ》なく。それが、あの人の無念を晴らすのに少しでも役に立つかもしれませんし」

皮肉ではなく、本気でそう思っている――いや、そうなればいいと願っているように見える。みさの返答を受けて、来合が訊《き》いた。

「旦那を斬った庵保家の用人は『無礼討ち』だと言ってるようだが、旦那にそんなことをされる様子はあったのかい」

「いえ。前にも申し上げましたが、あの日出掛けるときも普段と何も変わったところはございませんでした。それに、元から人に怒った顔を見せることなどほとんどないような穏《おだ》やかな人でしたから、『無礼討ち』で斬り捨てられるほどのことをあの人がしたと言われてもとても信じられませんで」

淡々と語る口調に、わずかも激したところは感じられなかった。

ここを訪問する前に、裄沢は来合がざっと調べた結果を聞いている。そちらのほうでも、「家族や見世の者、同業者や贔屓の客など周囲に当たった限り、穏やかで落ち着いた人物だって評判しか聞こえてこない。呼ばれた集まりで──ましてや御大身の武家のところへ出向いて、悪口雑言並べ立てたとはとても考えられない」という話だった。

「庵保家たぁ、昔っからの付き合いなのかい」

「いえ、さほど長いお付き合いではございません。昔から品を納めさせていただいていたお寺様のお声掛かりで、新たにお出入りが始まったお相手ですので」

「それで、このごろは他とおんなしお得意先になったと？」

脇から口を挟んだ裄沢の問いに、みさが答えるまで少し間が空《あ》いた。

「お得意先と言えるかは……」

「それは、どういう？」

促されて、肚を決めたようにはっきり返答してくる。

「どうも、あの人にとってはお付き合いのしづらいところだったらしく、これからもお出入りを続けさせてもらうかどうか、悩んでいる様子にございました――もしお断りをするとなると、口を利いてくださったお寺様のほうへも気を遣《つか》わねばならないことが生じますし」

来合がわずかに身を乗り出す。

「何を悩んでたかは聞いちゃいないのかい」

「お客様の話を家族に漏らすような人ではございませんでしたので」

再び裄沢が問う。

「ご亭主が無礼を働いたとこを庵保家に集まってた寺の坊さん連中が目にしてたって話だけど、そんな場になぜ菓子屋の主が？　集まりに呼ばれてたのか」

「いえ。先様《さきさま》で集まりがあるときに菓子のご注文をいただいておりました。いつもは奉公人が届けるのですが、あの日に限り主人が自分で行くと言いまして」

「どうしてかは、言ってなかった」

「はい」

「庵保家のその集まりがどういうものかも、ご亭主は口にされていない」

「先ほども申しましたが、家族相手でもお客様のことを漏らすようなことはしない人でしたから」


どんな集まりで何をやっていたかばかりでなく、来合は集まりに参加していたという寺のほうから話を聞くことがほとんどできていなかった。

「門前払いされんのがほとんどだし、なんとか面《つら》ぁ合わすことができても、絵に描《か》いたようなけんもほろろのご対応だ。そいつは、彦兵衛を庵保家と引き合わせた寺の住職も変わらねえ」

と、いうことだったようだ。

寺は寺社方の支配とはいえ、境内《けいだい》で刃傷沙汰のような騒ぎが起こったときには町方にも少なからず世話になる。そのため実際の対応に当たる定町廻りには気を遣ってくるのが当たり前の対応なのだが、こたびはどうやらいささか勝手が違うらしい。

そうなってしまうと「差配違《さはい》い」の建前を無視するわけにもいかず、いかに力押しの得意な来合でも手を付けかねることになってしまうのだ。

しかも、そればかりではない。来合が寺のほうへの聞き込みに力を入れ始めたとたん、「決着した話に余計な手出しをするな」と奉行所内で横槍《よこやり》が入った。口出しをしてきたのは、庵保家に出入りしている吟味方与力の瀬尾である。

いかに上役で、しかも奉行所内で威勢を誇るお役に就いている者からの意向であっても、来合が臆《おく》して手を退《ひ》くなどということはなかった。大身旗本にも寺社にも「差配違い」で手は出せなくとも、探る手立てが他にないわけではない。

こたびのことについては臨時廻りの室町らも思うところはあり、経験豊富な面々からの協力が得られたため、おおよその推量ができるぐらいまでは事情を把握《はあく》できた。

「庵保家は今の殿様の三代前、曾祖父《ひいじい》さんのときに長崎奉行《ながさきぶぎょう》に任じられて、でえぶ蓄財したらしい」

当時外国との唯一の窓口であった長崎の町奉行になると、商人が輸入する舶来《はくらい》品《ひん》の一部を自らの物にできるといった役得があった。このため、「ひとたび長崎奉行のお役に就けば、孫の代まで三代は豊かに暮らせる」とまで言われていた。

「曾祖父さんのときというと、今の殿様はそこから四代目だな。曾祖父さんは他の長崎奉行に輪を掛けて貯め込んでたのか」

「奉行んときにどんだけ気合い入れてたかは知らねえが、曾祖父さん当人がそのお役を免じられた後だか、その跡を継いだ祖父《じい》さんだかが、ずいぶんと才覚を発揮したようだ――貯め込んだ銭を、たぁだ散財するんじゃやなくって、金貸しのほうへ回してた」

「その手先として寺を使ってたと」

当時は札差《ふださし》のような金融業者だけでなく、大商人が大名家に請《こ》われて資金を融《ゆう》通《ずう》するなど貸金業が広く営《いとな》まれていたが、寺も有力な貸し手のうちの一つであった。

借り手との実際のやり取りはほとんど全て寺に任せているのだろうが、寺のほうとしても元手なしで仲介の手間賃がガッポリ入ってくるのであるから喜んで引き受けていたはずだ。その金主《きんしゅ》の一大事ともなれば、口を噤《つぐ》んでいっさい漏らさないのは当然のことになる。

「さすがに手前んとこで直接やるなぁ外聞が悪いから寺ぁ使ったんだろうけど、ずい目立たねえように立身出世からぁ手ぇ退いて川向こうに籠もったとすると、ずいぶんと用意周到《ようい しゅうとう》なこった」

名より実《じつ》を取ったということになろうが、庵保家は武家としてはずいぶんと割り切った考え方をする一族だということになろう。

来合が摑《つか》んだことはそれだけではない。

「どうやら、その寺を介して座頭金《ざとうがね》にも一枚嚙んでるらしいな」

按摩《あんま》や鍼《はり》、琵琶語《びわがた》りなどを生業《なりわい》とする全盲者には、生活支援を目的に通常より高利の貸金業が認められていた。これを座頭金と呼ぶ。

利息の高さや、弱者ゆえという側面はあろうが返済が滞《とどこお》ったときには同輩同士で結託《けったく》して悪質な嫌がらせを行うなど世間からは嫌われており、旗本が資金提供していることが明らかになれば面目をなくすだけでは済まないことになりかねない。

その辺りに、彦兵衛が斬られた要因があるのかもしれないと二人は考えた。

——口封じ。

これこそ、彦兵衛が殺された本当の理由だと当たりをつけたのだ。

実際のところ何があったのかまでは調べられずとも、想像なら容易にできる。

「まあ、庵保家そのものか、裏の貸し金扱わせてる下っ端用人の山崎が勝手に動いたのかは知らねえが、ともかく菓子屋として出入りしてる彦兵衛を自分らの企《くわだ》てに巻き込もうとして断られたんだろう。てっきり二つ返事で加わってくるとばっかり思ってた相手から袖《そで》にされてみると、手前らが知られちゃマズいことまで口走ってたことに気づいた。

だから、相手が油断してるとこを騙《だま》し討《う》ちしたのを、無礼討ちだと無理矢理こじつけたってとこか」

来合は裄沢にそう語った。

ならば、なぜ人目のない屋敷内ではなく、わざわざ往来で刀を振り回すようなまねをしたのか？

これについても定かなところは判らないが、裄沢の推測でおおよその説明はついているだろう。

「屋敷のみんなが貸し金のことを詳しく知ってるわけじゃあないから、屋敷の外へ出るまで手出しができなかったのかもしれないし、密殺なんかしてそれが坊主どもに知られちまったら、連中が臆病風《おくびょうかぜ》に吹かれちまうんじゃないかと危ぶんだのかもしれない。

あるいは、彦兵衛が屋敷を出た後に、ようやく『これはマズい』って気づいただけかもしれないしな」

このように二人の間では結論らしきものが出ていたけれど、確かな証《あかし》があるわけではないから遺族の母娘《おやこ》に対して口にはできない。

母娘から視線をはずして部屋を見渡した裄沢が、ぽつりと訊いた。

「商売をやめるとなると、この家はどうなさる」

この問いにも、みさは平静に答えた。

「はい、もう売り先は決まっておりますので」

「ここを出る？　――その後の行く先は、決まってるのか」

みさは、娘のあきをちらりと見ながら問いに答えた。

「この子の許嫁《いいなずけ》が近くで手習《てなら》いの師匠をやっておりまして、しばらくはそこで厄介《やっかい》になるつもりでおります」

ここで、来合が裄沢に伝えていなかったことを口にした。

「女将の亡くなった父親は、東軍流《とうぐんりゅう》の道場やってた剣術家だったんだ。娘さんの許嫁は、その道場の弟子だった男だよ」

「武家だったのか」

桁沢の呟きにみさは首を振る。

「ただの浪人者でした。道場は、師範の養子となって譲り受けた物だと聞いております」

「女将も父親から剣術を習ったってえから、娘さんの許嫁たぁ兄弟弟子の間柄だ」

「いいえ、私は父から手ほどきは受けましたが、道場での稽古はしておりませんので、兄弟弟子というわけでは」

「でも、お前さんが娘さんにも伝授したって聞いてるぜ」

「お恥ずかしい。伝授というほどのことはできておりません。万一何かあったときに少しは身を守る役に立つか、というほどの手慰《てなぐさ》みにございます」

そう言ったみさは、「全く、菓子屋の女房らしくありませんね。よく嫁にしてもらえたものです」と、ほんのわずかな笑みを見せた。

四

来合とともに『五十鈴屋』を出た桁沢は、むつかしい顔をしながらしばらく無言で足を進めた。

「で、どうする」

腕組みをしながら隣を歩く来合が、前を向いたまま問い掛けてくる。

「どうするって、俺保家のほうからも寺のほうからも、山崎が嘘を言ってるって確かな証は出てきそうもない。斬られた彦兵衛の女房娘も、気持ちに区切りをつけてこれからのことを考えようとしてる――なら、これ以上どうしようもないじゃないか」

結論を淡々と口にした裄沢へ、来合は低い声を発した。

「広二郎。お前、本気でそんなことを言ってんのか」

「本気でって、当たり前だろうが」

チラリと隣を歩く裄沢を見やってから、来合は言った。

「あの母娘、やる気だぜ――見世ぇ畳《たた》んで、亭主が大事《でえじ》にしてた銘菓まで同業仲間へあっさり譲り渡しちまった。身の回りを綺麗《きれい》にして、後腐《あとくさ》れなくいっさいを終わらせるつもりだ。

娘の許嫁んところでしばらく世話になるってこたぁ、これからやることに、おそらくその許嫁も加わるんだろうな」

町人の女房子供が、抜き打ちで相手を斬り殺せるような武士に刃向かう――普通ならばとうてい考えられないことだ。しかし、剣術道場の主を父祖《ふそ》に持つ女将とその娘にとっては違ったようだ。

落ち着いて応対する態度の端々《はしばし》から、容易に覚悟が読み取れた。

来合が口にした考えを、裄沢は否定しなかった。ただ、別なことを言ってやる。

「轟次郎、お前は何も知らなかったことにしとけ――危ない橋を渡るのは、一人で十分だ」

言われたほうは鋭い目を向けた。

「馬鹿言うな。こいつぁ、お前より俺のほうの関わり合いだ。手ぇ退くなら、そいつぁお前のほうだぜ」

裄沢は、冷静に相手を諭《さと》す。

「悪いがこの一件、お前さんじゃあきちんとした始末はつけられない。俺に任せて、お前は黙って見てろ」

ここから先のことに、来合《こいつ》を加担させるつもりはなかった。しかし、そんな自分の魂胆《こんたん》は、おそらく来合に見透かされるだろうとも思っていた。

掻《が》き。突き放す言い方をしたのは、いうなれば裄沢が自分へ向けて行った最後の悪足《わるあ》掻きだ。

聞きようによっては貶《けな》し言葉になる科白《せりふ》を、来合はフフンと笑って受け止めた。普段なら拳《こぶし》で返事をしてもおかしくない言葉を平静に聞けたのは、裄沢の言い分が当たっていると自覚しているからだった。

だが、そうであっても譲れないものがある。

「確かにお前抜きじゃあ、上手《うま》くいく目のほうが少ねえかもしれねえ。けどよ、無理矢理にでもおいらも一枚乗っからしてもらうぜ。じゃねえと、終わった後で絶対《ぜってえ》後悔しそうだからな」

「咎《とが》めを受けることになってから悔《く》やむなよ」

一つ間違えば——いや、ほぼ必ず、これに手をつければ己らの勤め先である町奉行所《ごばんしょ》から責を問われることになる。

来合の返答はあっさりとしたものだった。

「後悔《そいつ》ぁねえな——お前の企てで失敗《しくじ》ったなら、おいらがどうやったって上手かぁいかなかったはずだしな」

「珍しくおだてるじゃないか」

裄沢が揶揄《やゆ》する口ぶりになったのは、来合を己の企てからはずすのを諦《あきら》めたからであろう。

「ああよ。こたびばかりゃあ、裄沢大明神様を当てにしねえと仕方《しゃあ》ねえからなぁ」

「言ってろ──戻るぞ」

「おうよ」

二人して道を返す。並んで歩きながら、裄沢がぽつりと言葉を発した。

「ところで、俺じゃないとできないって言ったが、お前さんのほうが上手くやれそうなことがある」

「なんだ」

「あの母娘の説得だ。こいつばかりは、彦兵衛が死んだとっから親身になって二人に寄り添ったお前さんには敵《かな》わないからな」

「……どうやるかはともかく、任せとけ」

「頼りねえ言いようだなぁ──まあ、頭で考えた言葉より、その場その場の感情をまんまぶつけんのがお前さんのいいとこだし、そいつを期待してるんだけどな」

「褒《ほ》められてんだか貶されてんだか判んねえけど、ともかく承知だ」

「俺じゃあ真似《まね》できないって、これでも褒めてんだぜ」

「なんだか背筋が寒くなってきやがった」

「俺も言い慣れないことを口にして、唇《くちびる》がヒン曲がりそうだ」

「お前さんの場合、根性ほどはヒン曲がってねえから、心配《しんぺえ》するこたぁねえ」

来た道を戻る途中、いつもの掛け合いが始まっていた。


別れを告げて帰っていったばかりの同心二人がまたすぐに現れたことへ、先には落ち着いた対応を見せた女将のみさも驚きの表情を隠せなかった。

客間に案内され、再び母娘と対座した裄沢は、来合を隣に置いて口火を切った。

「ところで、仇討《あだう》ちの企てはどこまで進んでいるのかな」

娘のあきが大きく目を見開いた。が、さすがに口は閉ざしたままだ。

「何のことにございましょうか」

返答までに一拍空いたものの、みさのほうは全く態度には出さず、声からも動揺は感じ取れなかった。

裄沢にじっと見つめられても、目を逸らすことなく真っ直ぐ見返してくる。

裄沢は、言葉を選びながら慎重に先を続けた。

「俺たちを見てお前さん方がどう思ったのかは知らないが、こっちにお前さん方を止める気はない——見世を畳み看板の菓子も他人に譲って、家まで明け渡す覚悟を決めた者らじゃあ、もう止めようがないことははっきりしてるからな」

「……何か誤解をなさっておられるようですが、確かに見世を畳んでここから出ていくのをやめるつもりはありません」

——はっきり認めるつもりはないようだが、それでも信用はしてくれている。

そのことに、裄沢はこの先の話を続けられそうな光明《こうみよう》を見た。これも、外見にそぐわぬほど世話好きで情けのある来合の人徳あってのことだろう。

ここへ戻ってくる途中で「母娘の説得だけは来合に敵わない」と言ったが、何を話すまでもなく、この男が隣にいるだけですでにその効果が現れていた。

一つ頷いた裄沢は「けどな」と続ける。

「お前さん方のやろうとしてることが上手くいくかどうかは判らない。なにしろ相手は、それだけの手練《てだれ》者だからな」

「たとえ先に何があろうと、手前どもは手前どもの途《みち》を行くだけにございます」

「でも、その途の先に見据えるところまでは、達したいだろう」

「……」

「それだけじゃない——もしお前さん方の悲願が成就《じょうじゅ》されたとすると、その後にどうなるかまで考えてるか？」

　みさは口を閉ざしたまま裄沢を見返した。

「まあ、ここまで身辺を綺麗にしてるんだから判ってるんだろうけど、町人が武家に手を掛ける、しかも『無礼討ち』だと認められた相手にその件で刃《やいば》を向けたってことになれば、ただじゃあ済まない」

「なにごとがあろうとも覚悟の上。娘と二人で決めたことにございますから」

　みさの言葉に、あきは黙って頷いた。

「でも、それでホントにいいのかねえ」

「？」

　あえて言葉を崩した問い掛けに疑問の表情を浮かべたみさへ、裄沢はわずかに上体を乗り出した。

「考えてもみな。町人が武家へ、しかも振る舞いは正しかったとされた相手を害しちまったら、覚悟を決めてるお前さん方はともかく、彦兵衛さんが無体《むたい》を働いて斬られたってことまで確定しちまうぜ」

「それは……」

みさは唇を噛んで、その先を口にするのを耐えた。

考えないようにしてきたが、そうなるであろうことは薄々感じていた。

しかし、たかが町人の身。恨みを晴らすところまでで精一杯で、夫の名誉を回復する手立てまではどうしても方策が浮かばない。悔《くや》しくとも、それが母娘二人に突きつけられた現実だった。

「俺たちが、なんでこんな話をしてると思う」

裄沢は静かに問うた。みさが目を向けてくる。

「情けないけど、確かに彦兵衛の無念を晴らすほどの力は俺たちにはない。が、それをやろうとする者らへ陰から力を貸すぐらいはできる。だから、こうやって人の心の奥底までズカズカ土足で上がり込むようなマネをさしてもらってんだ」

「……なんで、そこまで？」

不思議なものを見る目で見上げられた裄沢は、小さく微笑った。

「俺たち町方の仕事ってのは何だと思う。旗本御家人の面々からは不浄役人と蔑《さげす》まれて、それでも親代々綿《めん》々《めん》とこのお役を果たしてきた——なら、連中とは違ってるとこを持ってるって、俺たちが俺たち自身のためにはっきりさせなきゃならねえのさ」

「裄沢様、来合様……」

みさが、二人の同心を順に見る。目が合ったとき、来合が大きく頷いた。

母娘二人は、畳に頭が付くほど深く頭を下げるのだった。

五

町奉行所では、夜間の火災や緊急通報などに備えて与力同心が交替で奉行所に泊まり込む（宿直番）。

それとは別に、日中の皆が仕事に励《はげ》んでいるときでも、交替で行う受付業務があった。この勤務に就く者を当番同心と言い、執務中の当番同心は表門脇に付属する長屋塀の当番所《とうばんしょ》で対応にあたり、休憩時などにはその背中側に隣接する同心詰所で待機することになっていた。

訴えや役人を呼ぶほどの騒動になる前の相談事、各種の届け出などで出向いた者へまず最初に応対するのが主な仕事になる。

当番同心としての勤務は、三廻り以外でも本所方や高積見廻《たかづみみまわ》りなどの外役《そとやく》（外勤者）は免除されるか当番が回ってくる回数を大幅に減らされるが、宿直番からはずされる隠居《いんきょ》間際の年寄りなどは除外対象にはならなかった。むしろ、さほど忙しくはなく豊富な経験からおおよそのことには対処できるとして、年配者ほど当てにされる傾向があったほどである。

まあこれも、職階最上位の古株、「年寄《としより》」と呼ばれる煩型《うるさがた》ともなるとまた少々話が違ってくるのだが……。

ともかく、用部屋手附同心である裄沢は宿直番も当番同心も勤めねばならない立場にあり、今日はその当番同心が回ってきて、いつもの仕事場である御用部屋から離れて仕事をしているのだった。

「ヒマですなぁ」

本日の当番同心勤務で相役《あいやく》を勤め、今は休憩中の田上《たがみ》が欠伸《あくび》混じりの声で呼び掛けてきた。

裄沢は「全く」とのみ適当に応ずる。

午どきは過ぎてもまだ夕刻までには間のある同心詰所は閑散としていた。

裄沢が勤める御用部屋をはじめとして、吟味方や年番方などの内役（内勤者）にはそれぞれお役ごとの執務場所が用意されているが、基本外回りで奉行所にはいない外役は、朝夕の集合場所としてこの同心詰所があるばかりなのだ。

非番を除いても全員そろえばそれなりの人数になる外役に合わせた広さのある詰所は、主《あるじ》たるべき面々がまだ戻ってきてはいないこの刻限だと、自分ら当番同心以外の人影はほんのわずかしか見受けられない。

裄沢は、田上の無駄話に相鎚《あいづち》を打つ間も動かし続けていた手をようやく止めた。筆の先を硯《すずり》に乗せるように置き、手を離す。

それまで書き込んでいた紙を持ち上げ、墨の乾き具合を確かめてそろえた。

「それでは、俺はこれを出してきちまいますので」

そう言って、紙を手にしたまま腰を上げる。

田上は軽い驚きを覚えつつ裄沢を見上げた。

「まだ、刻限じゃあないでしょうに」

「なに、この分じゃあもう何も起こりはしないでしょう」

けど、といくぶん不安げな田上に、裄沢は言葉を足した。

「俺が勝手に持っていくんです。誰かが文句をつけてきたら、そう言ってもらって構いません」

言い置いて、返事も待たずに同心詰所を後にする。

出際《でぎわ》に田上のほうを横目でちらりと見たら、「ならいいか」という内心の思いを取り繕《つくろ》った表情で、黙ってこちらを見送っている様子だった。

長屋塀に設けられた詰所を出て奉行所本体の建物に入った裄沢は、いつもの出仕《しゅっし》の順路を通って御用部屋に到着する。

軽くひと声掛けて襖を開け、視線だけで中を見渡した。どうやらお奉行は席をはずしており、内与力も部屋の入り口からは遠いようだ。

「なんだ、裄沢。今日は当番勤務ではなかったのか」

同役の一人である水城《みずき》が、入ってきた裄沢に気づいて声を掛けてきた。

裄沢は手にした紙の束を示しながら口を開く。

「ええ、言上帳《ごんじょうちょう》用の報告を持ってきたところなんです」

その日受け付けた訴えなどを中心に、一日分の報告をまとめた物が夕刻に町奉行へと提出される。これをひと月ごとに綴《つづ》った冊子を言上帳という。言上帳用の報告の作成と提出も、当番同心の仕事の一つなのだ。

本日分の報告の作成については、裄沢が自分から申し出てきたのへ、田上ら本日の相役たちは「これ幸い」とばかりに丸投げしたのであった。

なにしろ用部屋手附同心である裄沢なら、単にこうした文書の作成に手慣れているというばかりでなく、お奉行が直接目を通す書面を書き上げることが常の仕事になっているのだから。

「持ってくるのはまだ早かろう」

水城も、当番同心をともに勤める田上と同じようなことを言ってきた。

「なに、もしこれから何か起こるようでしたら、追加で書き足しますゆえ」

裄沢がなんでもないように応ずると、水城はそれ以上の文句は言ってこなかった。

「では、当番勤務に戻りますので」

水城が異論を口にしないのを確かめ、裄沢は御用部屋を後にした。

奉行所の建物を出て長屋塀の同心詰所に戻ると、すでに騒ぎの第一報が届いた後のようだ。ギリギリまで時宜《じぎ》を見計らっていたのだが、報告の提出はどうやら間に合ったらしい。

「裄沢さん……」

田上が驚きに染まったままの顔をこちらへ向けてくる。騒ぎを報《しら》せに来た者であろう、門番に伴われた町人も、門番とともに裄沢に目を向けてきた。

――決行したんだな。

こうなると判っていた――というより、こうなるように自分らが段取りしてきたのだが、現実になってみると相応の感慨が胸に湧いてくるのを自覚した。

首尾《しゅび》がどうだったのかは大いに気になったが、素知《そし》らぬ顔で口を開いた。

「どうしました。何かありましたか」

田上が自身の受けた報せを告げてくるまで、わずかに間が空いた。


それより、半刻（約一時間）ほど前。

旗本寄合席庵保家の用人を勤める山崎逸平は、いまだ収まらぬ怒りを胸に深川の町を歩いていた。

その歩みは千鳥足《ちどりあし》というほどではないものの、すれ違おうとする者が一目で判るほどには乱れている。もとが怖そうな顔に物騒な表情を浮かべていることもあり、山崎を目にした通行人はやってくる男を必要以上に大きく避け、さらに息を潜《ひそ》めるようにして相手が無事に通り過ぎてくれるのを祈るのだった。

山崎は、昼酒に酔っていた。

美味《うま》い酒ではなかった。もし気分よく飲めていたのなら、こんな顔をして屋敷に戻ろうとはしていない。

「全く、小心者のクソ坊主どもめ」

鬱憤《うっぷん》が吐き出された。

誰かに聞かれてよい話ではないが、そばに寄ってくる者はおらず、人の耳に入る心配はない。そうでなくとも、このひと言だけで事情を察するような者が近くにいるはずもなかった。

それになにより酔っているため、警戒心がだいぶ緩んでいることもある。

小名木川《おなぎがわ》を高橋《たかばし》で、六間堀《ろっけんぼり》を猿子橋《さるこばし》で渡った山崎は、そのまま屋敷へ向けて堀沿いを北上すべく道を右に取った。

すると、背にした町家の陰から大声で呼ばわる者が走り出てくる気配がした。

「山崎逸平、待ちやっ」

呼ばれたのが自分だと知り、くるりと振り返る。酔った勢いで回り過ぎそうになって、わずかに揺れつつ体の向きを戻した。

気配を察したとたんに反応できなかったのは、やはり酒が効《き》いているのであろう。

山崎は、町中で大声を上げながら己を呼び止める無礼者は誰だろうと酔眼《すいがん》を凝《こ》らした。

視界に入ってきたのは女が二人、少し後ろに浪人者らしき男も一人いる。

女二人は鉢巻《はちま》きに襷掛《たすきが》け、小袖《こそで》の裾《すそ》の一方をたくし上げて帯に止め、襦袢《じゅばん》を曝《さら》している。四十路《よそじ》手前と見えるほうの女は大刀を、その娘らしき若い女は脇差《わきざし》らしい短めの刀を抜《ぬ》き身《み》で手にしていた。

一歩下がっている男も襷掛けをしており袴《はかま》は股立《ももだ》ちを取っている。ただし、こちらは腰へ一本差しにした刀へ手を掛けてはいなかった。

何奴《なにやつ》、と山崎が呼び掛ける前に、向こうから名乗りを上げてきた。

口上を告げてきたのは、年長のほうの女である。町人の女らしからぬ、凛《りん》としたもの言いだった。

「これなるは、卑怯《ひきょう》にもそなたに騙し討ちされた五十鈴屋彦兵衛の妻みさと娘あき。山崎逸平、夫と父の仇《かたき》、いざ尋常に勝負せよ」

ついで、後ろの浪人者も声を上げた。

「我は平田万蔵《ひらたまんぞう》、義によりみさ殿、あき殿に助太刀《すけだち》致す。山崎逸平、覚悟！」

自分が仇呼ばわりされたことに一瞬唖然《あぜん》とした山崎だったが、相手の素性《すじょう》を聞いて俄然《がぜん》怒りが込み上げてきた。

「たかが町人の女子供の分際《ぶんざい》で、武家に対し仇呼ばわりとは笑止千万《しょうしせんばん》。そなたらの夫であり父である男は、我がご主君のお屋敷にて無礼を働き、成敗《せいばい》された大《おお》戯《たわ》けではないか。ことの経緯《いきさつ》は、町奉行所をはじめ皆が認めておるところぞ」

実際には、庵保家が寺を経由して行っている金貸しに、五十鈴屋も一枚加わらせようと彦兵衛へ話を持ちかけたのがこたびの一件の発端だった。しかも山崎は、五十鈴屋からの資金調達を主家である庵保家には知らせず、利息の分け前はそのまま自分の懐《ふところ》に取り込もうと企《たくら》んだのだ。

しかし彦兵衛は、度重《たびかさ》なる山崎の誘いに応じず、業《ごう》を煮《に》やして強く求めたあの日にはついにキッパリと断ってきた。思惑《おもわく》をはずされて憤然とする山崎へ、「庵保家が表には出せない稼ぎに精を出していることは承知している」と暗に匂《にお》わせ、さらなる強要を封じることまでしてきたのだった。

迷いがあってもいずれは美味い儲《もう》け話に乗ってくるだろうと楽観視していた山崎は、大いに焦《あせ》る。外聞を憚《はばか》るような金貸しに関する寺との付き合いは全て自分が任されていたものの、売り物の銘菓を気に入った主家と五十鈴屋との間にも直接の付き合いが生じ始めていたからである。

──下手《へた》をすると、俺の悪巧《わるだく》みが殿様の耳にまで達してしまうやもしれねえ。

それが、要請を拒絶し帰途《きと》に就いた彦兵衛を追いかけ、詫びを口にしてみせて相手を油断させ、抜き打ちに斬りつけた理由だった。腕にはそれなりに自信のある山崎が、ただの菓子屋の主でしかない彦兵衛へかほどに慎重にことを運ばんとしたのは、一撃で仕留めきれなかったときに知る辺《しべ》のいるところで余計なことを口走られるのを避けるためだった。

なお、その折も寺の坊主を集めた席の後であったから、山崎には酒が入っていた。早急《さっきゅう》に始末をつけてしまおうと即座に決めたのは、そのことも影響していたかもしれない。

──余計な手間を掛けさせよって。

仇呼ばわりされたことで、あのときの切羽詰《せっぱつ》まった動揺を不意に思い出し、山崎は怒りを新たにした。

──亭主ばかりでなく女房子供までとは、どこまでも邪魔臭《じゃまくさ》い。

フラリと体を揺らしながら、それでも口舌《くぜつ》だけは滑らかに続ける。

「そなたらにまで罪を及ぼさなかった思し召《おぼめ》しをありがたく思うべきところを、主家の命に従った忠臣に刃を向けるとは心得違《こころえちが》いも甚《はなは》だしい。さほどに死にたくば、望み通り成敗してくれようぞ。さあ、懸かって参れ」

酔いに任せてスラリと刀を引き抜いた。

母と娘が、それぞれに抜き身を手にしたまま山崎に近づく。助太刀だと名乗り出た浪人者は、刀に手を掛けることもなくいまだその背後に付き従っているだけだった。

——小癪《こしゃく》な。

こちらへ刃を向けてくる女どもへ、怒りとは別な感情も募《つの》らせていた。

〈仇討ちは、当人にその能力ある限り、自ら行うべきもの。助太刀は本来、邪魔をせんと立ちはだかる他者を排除するなどの補助に徹するべき〉という大原則を、片腹痛《かたはらいた》くも武家でもない町人の女子供や浪人者が頑《かたく》なに守ろうとしているのだ。

山崎の心の奥底には、女の身ながら正々堂々と立ち向かってくる姿に、己の卑《ひ》劣《れつ》さと比べての怯《ひる》みが生じていたのだった。

「斬り合いだっ、仇討ちだぞ！」

「女二人が侍に名乗りを上げたぜっ」

白昼の往来は、通りかかった少なからぬ人々で騒然となった。

六

猿子橋を渡った左手にある深川元町《もとちょう》、その表通りに建つ一軒の商家。通りに面した二階の障子《しょうじ》がわずかに開けられている。

その陰に隠れるように、一人の大男が道の先で繰り広げられる光景をじっと見守っていた。

北町奉行所の定町廻り同心、来合轟次郎である。来合は己の受け持つ区域にあるこの商家に申し入れ、二階のひと部屋を借り受けていたのだった。

無論、こうなることを承知の上での行為だ。

——いよいよ始まったか。

下では、五十鈴屋のみさとあきの母娘二人が山崎へ呼び掛けたところだった。

——ついに、ここまできた。

ようやっと、という思いがある一方、果たして本当にこれでよかったのかという迷いもいまだ残してはいた。

——あの母娘が己で望んだことだ。おいらたちが二の足踏んでたとしても、あいつらは勝手にことを進めていただろう。

自分や裄沢がこうして陰から手助けしていなければ、たとえ仇を見事討ち果たしたとしても、その先の展望は必ずしも明るいものにはならなかったはずだ。

来合は己にそう言い聞かせて、心の中に残る葛藤《かっとう》を押さえ込んだ。

眼下では、女たちが顔を強張《こわば》らせながらも怖れも見せずに山崎へと歩を進めていた。山崎は抜いた刀を右手一本で振り上げ、今にも斬り掛からんという形相《ぎょうそう》で威嚇《いかく》している。

その周囲には、刀を向けあった者らからは大きく離れて、人の輪が出来上がりつつあった。

来合は、これから始まる殺し合いを瞬《まばた》きもせずにじっと見下ろしている。我知らず、両の拳を固く握り締めていた。

剣の達者である来合には、それぞれの立ち姿をひと目見るだけで、ある程度実力を推《お》し量《はか》ることができていた。

相手を油断させてのこととはいえ、山崎は彦兵衛を抜き打ちで一刀の下に斬り伏せるだけの腕前を持っている。剣の心得ある者が二人《ふたり》懸《が》かりで、しかも後ろには助太刀も控えているにせよ、女二人が相手にするには手強《てごわ》すぎる難敵であった。

——それを、いかに勝負ができるところまで持っていくか。

来合が最も苦心した点である。

女たち——それに助太刀の許嫁を含めて、剣の腕を一朝一夕《いっちょういっせき》に上げることなど望むべくもない。

ならば採れる手立ては、山崎にいかに普段の力を出させぬようにするかという一点に絞られる。

裄沢と相談の上で来合がやったのは、庵保家の金貸し商売で山崎と関わりのある寺に圧力を掛けることだった。

やりはじめてすぐに、庵保家に手懐《てなず》けられている吟味方与力の瀬尾が、来合のところへ文句を言いに来た。しかし、来合は一歩も退かなかった。

「本所・深川はおいらがお役で受け持っている場所です。たとえ吟味方であっても、他人《ひと》の領分に嘴《くちばし》を突っ込むのはやめていただきましょうか」

毅然《きぜん》として撥《は》ねつけたのである。

これが直接「出入り先に手を出している」ということであれば、庵保家出入りの瀬尾にも十分口を出す理由になった。しかしそれ以外のところで、取り締まりのための「本来の活動」をしている定町廻りに通用する理屈は立たない。

「お寺社自体が寺社奉行所の領分だろ。お前さんはそれに手ぇ出してるじゃねえか」

瀬尾が嚙みついてきても、来合は取り合わなかった。

「ご忠告ありがとうございます。ですが、おいらのやり様に問題があるようなら、寺社奉行所のほうから言ってきましょう。その際には、北町奉行《おぶぎょう》様からお叱《しか》りを受けることになるのは十分承知しておりますので」

町方役人として代々同じ仕事を続けてきている町奉行所の与力同心とは違い、大名である寺社奉行の下で働く者らは全員藩士で、自身の主人が奉行である期間のみその仕事に従事することになる。

認証や統制といった他のお役とあまり変わらぬ仕事ならば問題なくこなせても、寺社地で起こる各種の犯罪などには不慣れからの失態が少なからず生じ得た。

自然と町奉行所に頼る傾向が強くなって、明らかな「縄張《なわば》り荒らし」でもされない限り、大人しく見守る態度を取ることが多かったのである。来合が強気に出られる所以《ゆえん》だった。

定町廻りにここまで頑《がん》として突《つ》っ撥《ぱ》ねられてしまえば、担当違いの瀬尾にできることはない。

「俺にそんな口を利いて、ただで済むと思うな。憶えてろよ」

そう捨て科白を残した瀬尾は、歯嚙《はが》みしながら去っていった。

やろうとしていることに再び意識を向け直した来合は、圧力を掛ける相手を一番気弱そうな坊主に絞った。あるときは寺に押し掛け、またあるときは偶然を装《よそお》って檀家《だんか》の往き帰りに姿を見せて声を掛け、さらにはその坊主が念仏を唱えに行った家へ思わせぶりに聞き込みを掛ける。

坊主としては、生きた心地もしなかったかもしれない。寺社奉行所へ訴え出ようにも、自分のほうにも山崎の無礼討ちで偽《いつわ》りの証言をしたという負い目があって容易に踏み出せない。

つまりは、苦情を申し述べられる相手は当の山崎以外にはないという状況になったのだった。

山崎としても、相手にしないわけにはいかなくとも現状を打開する手立てがない。頼みの瀬尾が役に立たなければ、町奉行所の定町廻りに対して打てる手がなかった。

坊主のほうからは盛んにせっつかれる。宥めるのも面倒になってきた。大事な商売相手とはいえ、対応は次第に突《つ》っ慳貪《けんどん》になる。

坊主のほうとしても、自分が山崎から煩《わずら》わしがられているという自覚はあった。それでも他に頼るところがないとなれば、なんとか機嫌を取りながら願いを叶えてもらおうとする。

これまでの集まりで山崎の嗜好《しこう》を知っている坊主が歓心《かんしん》を買う手立てとして採ったのは、十分な酒を供することだった。

山崎にすれば、出向きたくもない相手のところへ嫌々ながら足を運んで、聞きたくもない話を聞かねばならない。不味《まず》い酒にはなるが、それでも流し込まねばとてもやっていられるものではなかった。

そうして、昼間から酔った男が己の勤める屋敷へ単身で向かう姿が見られるようになったのだ。山崎にすれば己が斬ったのはたかが町人、仇と狙われるようなことになるなどとは夢にも思っていなかった。

おおーっ、と息を潜めていた野次馬《やじうま》達から声が上がる。

母親が、最初の手傷を山崎に負わせたのだ——しかし、浅い。とてものこと相手の動きを鈍《にぶ》らせるまでには至らない。

「ムッ」

じっと成り行きを見守る来合の口から、思わず声が漏れた。

反撃で振り回された山崎の刀の切っ先が、ひと太刀見舞った母に代わり前へ出た娘に当たった——が、これも浅手《あさで》で済んだようだ。

山崎の斬撃《ざんげき》には、体力もあり若さから反応もよい娘が対応して楯《たて》となる。そして隙を見て、かつて娘よりも本格的な稽古を積んだ母親が踏み込んでひと太刀入れる——来合が二人に教え、密かに修練させた戦法だった。

仇討ちの主役が傷を負ったことで、ようやく助太刀の浪人も刀を抜いて戦列に加わった。

——これで、上手くいく。必ず。

来合は自らに言い聞かせた。

しかし、たとえ母娘が見事山崎を討ち果たしたとしても、それですぐに一件落着とはいかない。

もともと武家の習いである仇討ちを百姓町人が行うことも慣例上認められてい

るばかりでなく、実際に行われた場合には褒めそやされもしているが、先例としては庶民が同じ庶民を討ったものしか知られていない。こたびは町人が武家を討とうとしているという点において、難しい話になりかねないのだ。

しかも、仇討ちの因《もと》となった殺害についていったんは「無礼討ち」としてすでに決着がついていた。彦兵衛を斬り殺した山崎の行為が正当なものだと認められる限り、母娘が山崎に刃を向けるのは「仇討ち」ではなく、単なる「逆恨《さかうら》み」としか解されないことになる。

裄沢が最も苦心したのは、いかに山崎を仇討ちの場へ引きずり出すかではなく、母娘が無念を晴らさんとする振る舞いを、世間一般にもお上《かみ》にも正当なものとどうやって認めさせるか、という点にあった。

まずは闘《たたか》いの場においてケチのつけようのない状況を作っておかねば、理屈を立てる以前の段階で足を掬《すく》われかねない。

——大前提として、仇討ち自体に後から非難されるような瑕疵《かし》があってはならない。

これは、母娘の行為が正当な仇討ちと認められる——すなわち、山崎に害された彦兵衛に罪はなかったと世間に認めさせるために、どうしても整えておかなければならない道具立て（下準備）なのだ。

裄沢は、母娘や助太刀の許嫁ばかりでなく、来合にまで懸命にそう説いた。万全の態勢を整えて仇を討った「後《のち》の大事」に備える必要性を訴えたのだった。

このため、許嫁の浪人は母娘の一方が手傷を負うまでは手出しをせずにただ見守っていた。刀を抜いた後も、許嫁は山崎に対し自分のほうへ意識を向けさせる「牽制《けんせい》」以上のことはしない。

本来助太刀は、本人たちの闘いから邪魔者――仇のほうの味方をする者――を排除することだけが認められる存在なのだが、こたびは仇を討とうとする者がいずれも女であることから、途中危うくなってからの最低限の手出しであれば、いちゃもんをつけられることはないであろうと判断したのである。

母娘が無事に仇を討てるように裄沢と来合が導き出した、これがギリギリの妥《だ》協《きょう》であった。

来合が今にも手助けに行きそうになる己を懸命に抑えているのも、全て裄沢が口にした言葉を固く守ろうとしているからだ。

――こっちゃあ、やるべきことは全てやった。広二郎、後は任せたぜ……。

たとえいかなる結末を迎えようとも、今起こっていることは全て目に焼き付けておこうとじっと見据えながら、来合はここにはいない友へと心の中で呼び掛けた。

七

――深川御籾蔵《おもみぐら》裏、六間堀脇の道で仇討ちが決行された。双方手負いの上、動きの鈍ったところを周囲の者らにより引き分けられたが、仇とされた男のほうは間もなく絶命。仇討ちを行った母娘とその助太刀の浪人者は、駆けつけた定町廻り同心の来合轟次郎からの問い掛けへ素直に応じたことから縄を掛けられることなく付き添われ、八丁堀《はっちょうぼり》の大番屋《おおばんや》（お裁きに掛けるかどうかを決めるため容疑者を仮収容する施設）に収容された。

母娘、それに助太刀をした浪人者も数カ所に傷を負っていたが、いずれも命には別状ないほどの浅手だという。

この報せを受けた北町奉行所は騒然となった。

江戸の市中で仇討ちが行われることなどそうそうあるものではない。その上討ち取られたほうの侍は、自分らが「無礼討ち」だとして問題視しなかった殺害行為を、こたびの仇討ちの根拠とされているのである。

町人の女二人が町奉行所の判断に異を唱え、さらに武家に刃を向けて命を奪ったというのは、奉行所の体面《たいめん》にも関わる大問題であった。

御用部屋には吟味方与力の瀬尾をはじめとして、報せを耳にした者が幾人も集まってきた。

「なんということを！」

「町人の分際で武家に手を上げただと」

「女の身でありながら、お上を畏《おそ》れぬ大胆不敵な振る舞い」

「すぐにも入牢証文《じゆろうしようもん》を。牢屋にて厳しく詮議《せんぎ》してくれようぞ」

立ち騒ぐ面々は、北町奉行小田切土佐守直年《おだぎりとさのかみなおとし》の冷静な声に静まり返る。

「仇討ちの届けなれば、ほれ、ここに出ておるぞ」

振り返った者らが目にしたのは、文机《ふづくえ》の前に座ったまま右手の紙をヒラヒラと振っているお奉行の姿であった。

「……お奉行様、それは？」

「先ほど当番同心より届いた本日分の報告じゃ――『言上帳』に綴っておくがよい」

奉行が差し出した紙を、内与力の古藤が受け取って中身を確認する。確かに、深川富久町の菓子屋『五十鈴屋』の妻女より、山崎逸平に対し仇討ちをする旨《むね》の届けが出されたと記録されていた。

仇討ちは、藩主や幕府から『仇討赦免状《しゃめんじょう》』が出て初めて正当な行為と認められるという認識があるが、これは必ずしも正しくはないようだ。

武家が仇討ちを行うために主君へ届け出るのは、あくまでも「ご奉公を中断することへの許しを得る」のが目的だという。「後を追って討ち取れ」という命令が遺族に出る場合もあるが、これは仇となった者による不法な殺害やその後の逃亡を咎《とが》める「上意討《じょういう》ち」と解釈すべきことのようだ。

これが庶民階層の仇討ちとなると、奉公先や自身の住まう土地から離れるのに許可を得たかどうかも、問われることはほぼなかったらしい。

仇討ちを目指す者が立ち回り先で代官所や町奉行所などへ届け出るのは、ことを終えた後にそれが正当な行為であったと認められやすくするためだ。こたびの仇討ちにおいて母娘は、手続きをきちんと踏んだという「体裁《ていさい》を整える」ために、届けを出した格好を取ったのだった。

内与力の古藤の脇から報告を覗《のぞ》き込んだ瀬尾は、当該の部分を一読して怒りの声を上げた。

「誰だ、このような届けを受け付けたのは。山崎殿が刀を振るったことは、無礼討ちで決着しておったはずであろうが」

誰も返事をしないのを見て、古藤が質問を変えた。

「本日報告を認《したた》めたのは誰か」

庵保家の用人と瀬尾の勢いに押されたとはいえ、無礼討ちでことを済ませるには古藤も一枚嚙んでいる。自分らが一度決めた処分を勝手に覆《くつがえ》すような扱いがなされたことを知り、さすがに平静ではいられなかった。

「……こちらへは、裄沢が持って参りましたが」

瀬尾の剣幕と古藤の押し殺した怒りの声に、裄沢から報告を受け取った仕事仲間の水城が恐る恐る答えた。

「すぐに呼んでこいっ」

古藤も声を荒らげた。

「はっ、ただいま」

水城は、裄沢を連れてくるべく部屋から飛び出していった。

水城の慌てぶりとは裏腹に、裄沢が顔を出すまではずいぶんとときが掛かっているように、瀬尾や古藤には思えていた。

「お呼びにござりましょうか」

御用部屋の緊迫した気配など全く察する様子もなく、ようやく現れた裄沢はのんびりと問うてきた。

いきり立った瀬尾が問い詰める。

「裄沢。そなたいったい、どういうつもりだ」

「どういうつもりとは──はて、何のことにござりましょうや」

怒りで周囲が見えなくなっている瀬尾が、古藤の手から報告を奪い取って振り回す。

「これ、これだっ」

瀬尾が突きつけてきた紙を覗き込み、緊張感のない声で応じた。

「ああ、本日のお奉行様への報告にございますな──これがどうか致しましたか?」

「どうしたもこうしたもあるかっ！　これ、この仇討ちの届けを受け付けたとは、いったいどういうことかと聞いておる」

左手で広げた紙を、今にも突き破りそうな勢いで右手でパンパンと叩きながら詰問《きつもん》する。

裄沢は相手の怒りなど全く感じておらぬ様子で、さも当たり前のことという口ぶりで返答した。

「届けられたゆえ受け付けた、ただそれだけにござりますが？」

「そなたとて、庵保家用人の山崎殿による無礼討ちの一件を知らぬわけではあるまいが」

「はて、そのようなことがございましたか──ともかく、届け出としてきちんと体裁は整っておりましたゆえ、受け付けぬわけにはいきませんでしたので」

書式が整っていればきちんと通す──これは、お役所仕事として当然のことである。

届け出た者との付き合いの深さや届けられるに至った事情などによっては、扱いにいくらか手心を加えるぐらいのことはあっても、真逆《まぎやく》の取り扱いをするようなまねは決してあってはならない。それは役人の「分《ぶん》」を越える行為となる。

どこぞの誰かへ余分な配慮を働かせて扱いを違《たが》えるなら、「私情を差し挟む不適切行為」に該当するのだ。

そして、来合や裄沢の助言を受けつつ書かれた届け出なのだから、文句のつけようのない体裁になっているのもまた当然であった。

裄沢は、平然とした顔のまま瀬尾に言い返した。

「このような届け出の受け付けは、書面として適切な書かれ方で届けられているかどうかで判断致します。なにしろ、書かれていることに嘘があるかを届けられた際に全て調べるなど、とても手が回ることではありませんからな」

前述のとおり、江戸在住者でも遥々《はるばる》蝦夷《えぞ》の松前《まつまえ》や薩摩《さつま》からやってきた者でも、取り扱いは同一である。

日《ひ》の本六十余州《もとろくじゅうよしゅう》のどこかで仇討ちのため国許《くにもと》を出た者がいれば、仇の行く先に心当たりがない限り、いずれは必ず江戸へと足を向けることになる。仇持ちにとっては、執拗《しつよう》に追ってくる者から身を隠すにも、隠れ住みながら暮らせるような働き口を得るにも、人が多い分だけ他よりも断然便利なのが江戸の町だからだ。

こうした理由で江戸へ出てきた仇討ち志願者たちの多くは、悲願《ひがん》が成就《じょうじゅ》したとき後始末が円滑に進むよう、町奉行所へ「仇討ちのための滞在」の届けを出しておく（江戸在住者が届け出る場合も目的は同じ）。対応する側の町奉行所としては、とてものことといちいち仇討ち事案が発生した遠隔地へ直接、あるいはそこを領地とする諸藩へと問い合わせ、納得がいってから受け付けるなどという手間《てま》暇《ひま》を掛ける余裕はない。

「届け出られた仇討ちが正当なものと認められるかどうかは、実際に仇討ちが行われた後で検証するのがこれまでの通例となっておりますが」

届け出数より実行数のほうが遥かに少ない。事後であれば、町奉行所としても適正だったかどうかを判断するだけの手を掛けられるのだ。

不思議そうな顔で「ご存じではありませんでしたか？」と裄沢から問い返された瀬尾は言葉に詰まるばかりとなった。

激高する瀬尾を見ていていくらか冷静になった古藤が、脇から裄沢に問うた。

「本日の報告に載せたということは、本日届け出があったということか」

届け出た当日に仇討ちが行われたという不自然さに違和を覚えたのだ。もし事前に察知できていれば、菓子屋の母娘の監視を命じ、必要あれば阻止に動くこともできたはずだし、山崎への警告も間に合ったと思える。

裄沢は古藤に向き直ると、表情を変えることなく答えた。

「つい先日受け取った物なのですが、それがしは今日ちょうど当番勤務だったものですから報告に付け加えたということにございますが」

瀬尾から「なっ」という、驚きとも憤怒《ふんぬ》ともつかぬ声が上がる。裄沢は再びそちらへ顔を向けた。

「存《ぞん》じ寄《よ》りの相手からの頼まれごとを、もののついでで果たす——相手に特段の利益を供するような行いでなければ問題だとは思いませんし、町方役人なら皆がごく当たり前にやっていることだと心得ます」

その程度の融通《ゆうずう》の利かせ方は、どこにでもあることだ。むしろ、出入り先に対し「便宜供与《べんぎきようよ》」と言えるほど手篤《てあつ》い配慮をしている瀬尾への皮肉とも受け取れるもの言いだった。

瀬尾に反駁《はんばく》する余地はない。が、用人の振る舞いを大ごととせずに収めることに結果として失敗し、出入り先である庵保家からこれ以上の不興《ふきよう》を買いたくない男としては、このまま退き下がるわけにはいかなかった。

「そなた、実際に正当な仇討ちであったかどうかの検証をこれから行うと申したが、不当であったことは火を見るより明らかであろう。なにしろ、たかが町人風情が武家に刃を向けたのであるからな」

こうなってしまった以上は、「仇討ち」を行ったほうの不法をあからさまにして厳罰に処し、ことを速《すみ》やかに終息させるのが取り得る最善手であろうと考えての発言だった。

ところがこの当然の理屈に、裄沢は「それはどうでしょうか」と疑義を呈《てい》してくる。

「……違うとでも申すか」

「瀬尾様のおっしゃるきちんとした武家が、簡単に町人の、しかも女に討たれたということからして問題があるような気がしますが」

痛いところを衝《つ》いてきたが、裄沢の指摘はそれだけでは終わらなかった。

「瀬尾様、歌舞伎芝居に『碁太平記白石噺《ごたいへいきしろいしばなし》』という演《だ》し物《もの》があるのはご存じでしょうか」

本来は由井正雪《ゆいしょうせつ》による幕府転覆計画『慶安事変《けいあんじへん》』を扱った演目の一つであったが、本筋の彩《いろど》りとして組み込まれた挿話《そうわ》のほうが好評を博し、独立させて人気作になった芝居だ。初演はこの物語の時代より二十年ほど前になる。

その、評判を取った話のあらすじは――

百姓であった父親を仙台藩の剣術指南役に殺された姉妹が別な剣術指南役の家へ奉公し、稽古を盗み見て密かに修行を積む。奉公先の剣術指南役は姉妹の事情を察し直接稽古をつけてやるとともに、藩主へ申し上げて仇討ちの場を設けてもらう。そして姉妹は見事父親の仇を討つことができた――というものである。

「真面目《まじめ》な話をしているときに、芝居のことなどを持ち出してくるとはどういうつもりだ」

苛《いら》ついた顔で叱りつけてくる瀬尾へ、裄沢は臆することなく返した。

「それがしが申し上げたは、百姓の娘二人が武家である藩の剣術指南役を相手に仇討ちをする話にございますぞ」

「そんなもの、いったいいつの出来事か――それどころか、実際あったことかどうかも判らぬ与太話《よたばなし》ではないか」

登場する二人の剣術指南役の名が仙台藩の記録にないなど、完全な創作だとされているが、この場にいる者らにそこまでの知識はない。

裄沢は平気な顔で断ずる。

「さようなことは重要ではありません」

「何だと？」

「大事なのは、江戸に住まう者らが皆、この話を実際あったことだと思い、それを望ましき有りようだと考えている点にございます」

『――白石噺』の本来の主題である慶安事変は実際起きた事件であるし、たとえば有名な『忠臣蔵《ちゅうしんぐら》』も室町《むろまち》幕府に設定が改変されていても、元禄《げんろく》期（五代将軍綱《つな》吉《よし》の時代）に起きた実話が元になっていると誰もが知っている。庶民への歴史教育などなされていない時代であるから、『――白石噺』の挿話のほうも、これら史実と混同されているのは当然という側面があった。

「……何が言いたい」

「町人の、しかも女が大身旗本の用人を討ったとなれば、判官贔屓《ほうがんびいき》の民衆にとっては胸のすく快挙にございましょう。もし『女の身で見事仇を討った』と世間で評判となるであろう者らを罪に問うとすれば、褒め称《たた》える町の衆に要らぬ不満を抱《いだ》かせぬためにも、『町人が武家に刃を向けたから』などという上から抑えつけるような理屈ではなく、皆を得心《とくしん》させるような別な理由がなければならぬということにございます」

「……そこまで町の者らに気を遣う必要などあるまい」

自分らは武家であり、しかも直接町人らを従える立場ではないかと瀬尾は言いのける。

衍沢の答えは穏やかに返された。

「とはいえ、かようなことで無闇《むやみ》に反感を買う必要もないと存じますが——堂々と胸を張って皆に述べられるだけの真っ当な理由があるなれば、それを公《おおやけ》にすれば済む話でありますし」

こういう論旨の場合は、相手を論破する勢いで強調するより、「さも当たり前のこと」という態度でさらりと言ってのける方が効果がある。

瀬尾はどうでもよいことだと一蹴しようとしたが、周囲から「それはそうだな」という声が上がり頷く者も出てくると、無視するわけにもいかなくなった。

衍沢が薄々感じていたとおり、やはり奉行所の者らの多くは、庵保家の用人による「無礼討ち」の収め方に納得のいかぬ思いを抱いていたようだ。

衍沢の主張を無視できなくなった瀬尾は、気持ちを立て直して己の主張すべきところを強調した。

「そもそもことは『無礼討ち』で決着しておった。にもかかわらず仇討ちなどと称して適正なる処断を下した者を害するとは、お上に逆らう蛮行ぞ。厳しく罰せられて当然であろう」

理《り》の当然という意識で述べた瀬尾へ、裄沢は「それはどうでしょうか」とさらに歯向かう。

「なに」

苛立《いらだ》った瀬尾に睨みつけられても口を閉ざすことはない。

「先の一件については、庵保家から告げられたこととはいろいろ違う話が定町廻りからもたらされております。山崎殿を討った親子の扱いについては、いま一度お調べあってから決めるのが妥当かと存じますが」

瀬尾は裄沢の提言をぴしゃりと撥ねつけようとした。

「不届《ふとど》き者《もの》の女二人など、吟味に掛ければすぐに口を割るわ――ええい、こんな埒《らち》もないことを話していても、ときが無駄になるばかりだ。俺がやる、どこの大番屋に入れた？」

当時の取り調べは、自白至上主義であった。お上に対する謀叛《むほん》ほどの重大犯罪でない限り、当人の自白が得られないうちに有罪が確定することはほとんどないと言えた。

このことから、現代人の目には拷問《ごうもん》に相当するような自白の強要が、ごく当たり前に行われていたのだ。瀬尾も、無論のこと無理矢理にでも母娘に白状させる肚づもりであった。

さっそく詮議に向かおうとする瀬尾の問いには答えず、裄沢は「お待ちくださりませ」と制止する。

「瀬尾様は、討たれた山崎用人が奉公している庵保家にお出入りなさっておられるからには、そのお働きで母娘が自白をしたとしても、世間から無用の憶測《おくそく》を招きかねませぬ。ここは、他の吟味方与力にお任せあるべきかと」

自分の思惑に逆らう言葉をどこまでも並べ立ててくる裄沢に、瀬尾は激怒した。

「裄沢、僭越《せんえつ》ぞ。誰が詮議を行うかは吟味方が決めることだ。他人の領分にまで口を出すなど、思い上がりもいい加減にせよ」

来合を牽制《けんせい》しようとして自分が定町廻りの仕事へ口を出したことなど、頭の隅《すみ》にも残っていない言いようだった。

瀬尾がそのまま強引にことを進めようとしたところへ、横から待ったが掛かった。

「じゃあその詮議にゃ、おいらが当たろうかい」

「え？」

瀬尾の視線が発言者へと移動する。裄沢も同じほうへ顔を向けた。

「甲斐原《かいばら》様……」

いつ御用部屋に現れたのか、母娘の取り調べに名乗り出たのは、吟味方与力の甲斐原之里《ゆきさと》だった。甲斐原は同じ吟味方与力の瀬尾よりひと回り以上若いが、瀬尾がまだ助役であるのに比べ、すでに吟味方与力最上位の本役にまで昇っている俊英である。

甲斐原はまっすぐに瀬尾へ目を向ける。

「瀬尾さん。あんた、決着をつけてねえ吟味を二つ三つ積み残してんだろ。余計なモンに手ぇ出す前に、そっちを片すのが先じゃあねえのかい」

瀬尾は言葉に詰まったが、それでもここで退くわけにはいかない。何か言おうとしたところで、また別な声が掛かった。

「ではその調べは、甲斐原に任せようか」

それまで話に加わらず静かにしていたため、すでに自分の仕事に没頭していると思われていた北町奉行小田切の発言だった。

「お奉行様……」

さすがの瀬尾も、奉行の鶴《つる》のひと声には逆らうことができない。

小田切は、さらに続けた。

「庵保家がしてきたのとは違う話を定町廻りが拾ってきたという件、詳しく聞こうか」

こうなってしまっては、事態を都合のよいように持っていくことなどできるものではないと、さすがの瀬尾も悟らざるを得なかった。

八

「裄沢」

翌日。裄沢が自身の職場である御用部屋で仕事をしていると、上役にあたる内与力の古藤から声を掛けられた。

「ご用にございますか」

「ああ、ちょっと来てくれ」

筆を置いて、座したまま古藤を見上げて尋ねる。

「ときは掛かりますか」

「……少し掛かるやもしれぬ」

古藤はわずかに迷った後、そう答えてきた。

返事を聞いて筆や硯の始末を見習い同心に頼み、待っていた古藤に従って部屋を出る。

古藤は、足を玄関のほうへ向けた。

「どちらへいらっしゃいます」

表へ出るのかと思ったが、答えは違った。

「溜《たまり》の間《ま》へ」

溜の間は、町奉行のところへ来た客を、奉行の支度ができるまで待たせておくときなどに使われる。奉行まで煩わせずに済むような用件のときは、内与力や（町奉行を勤める小田切の「旗本家としての用事」である場合は）小田切家の公《こう》用人《ようにん》が、この部屋でそのまま対応した。

今は午前《ひるまえ》で小田切はまだ登城中であるから、直接奉行に用のある客ではないのだろう。そこに自分が呼ばれたとなれば、相手の予測はおおよそついた。

それでも、知らぬ顔で問うてみる。

「どなたかお客様でしょうか」

「……内田《うちだ》殿だ」

「内田様？」

「庵保家の筆頭用人よ」

古藤は嫌そうに口にした。

山崎が彦兵衛を斬った一件で町奉行所に乗り込んできた庵保家の筆頭用人と、その尻馬《しりうま》に乗った瀬尾の勢いに呑まれ、「無礼討ち」でことを済ますほうへ話を持っていったのが、偶々その場にいて対応に当たった古藤だった。ところが昨日の仇討ち騒ぎで、そのときの古藤による処置に疑義が生じてしまったのだ。

古藤からすると、降って湧いた災難だと言いたいのだろう。当人にとってみれば、こたびの一連の騒ぎで己が一番の貧乏籤《びんぼうくじ》を引かされたと思っているのかもしれなかった。

裄沢や来合が陰で動いたりしなければ、瀬尾はともかく、古藤の仕事の仕方にまで冷ややかな目を向けられるようなことにはならなかっただろう。その意味では、裄沢が後ろめたさを感じてもおかしくはない。

しかし、裄沢には少しもそのような感情は湧かなかった。

——再び押し掛けてきた庵保家の筆頭用人への対応に困り、こっちを巻き込んであわよくば己は逃れようとするような御仁だ。北町奉行所の誤った始末のつけ方を正す上でも、矢面《やおもて》に立ってもらうのが当たり前の有りようだ。それだけのお役に就いてるんだからな。

そうとしか思えない。

第一、筆頭用人と瀬尾に責め立てられたとき毅然《きぜん》と対応して、何が行われたのかをきちんと見極めていれば、裄沢も来合も裏から手を回すようなことはせずに済んだはずだし、そうであれば古藤がこんな状況に陥《おちい》ることもなかったのだ。

とはいえ、それを理由にこれから行われる面談への同席を拒《こば》むことはできなかった。なにしろ裄沢は、古藤が認識しているよりもずっと深くこの件に関わっているのだから。

そしてなにより、武家として表沙汰にはできない金儲けで隠然《いんぜん》たる力を持っているであろう庵保家に振り回されたまま、北町奉行所やお奉行に瑕《きず》をつけることになるのは本意ではなかった。

――なら、この手で最後の決着をつける。

裄沢は心の中で決意を新たにし、溜の間の前に立った古藤の後ろで静かに息を吐いた。

「御免」

ひと言断って溜の間の襖を開けた古藤に続き、裄沢も頭を下げて入室した。顔を上げてみれば、四十過ぎと思われる小太りの侍が不快さを隠そうともせずこちらを睨んでいた。

「お待たせ致しました」

詫びを口にしてから対座した古藤へ、小太りの男が鋭い目を向けてきた。裄沢は黙って古藤の斜め後ろに座る。

内田という名らしい小太りの男は、挨拶《あいさつ》を口にするでもなくすぐに非難の言葉を浴びせてきた。

「古藤殿。これはいったい、どうしたことか」

「どうした、とは」

問い返した古藤は、相手の怒気ですでに臆した顔つきになっている。

内田は怒りに任せて言葉を続けた。

「我がお家の山崎を害した町人の女二人は、大番屋にてろくに調べもせぬまま留め置かれておると聞く。明らかに不届きな振る舞いをした者が牢屋敷にも送られずにいるとは、いったいどうしたことかと訊いておる」

「それは……」

答えに窮《きゅう》している古藤に代わり、裄沢が後ろから口を出した。

「畏《おそ》れながら申し上げます——お話にあった町人の母娘は、仇討ちに及んだ際に手傷を負うたため、まずは大番屋にて傷の養生《ようじょう》をさせております。腰を据えた調べを行うのは、その傷がある程度癒《い》えてからのこととなりますゆえ、しばしのご猶予《ゆうよ》をお願い申し上げます」

返答を耳にした内田は、初めて裄沢に気づいたかのように目を向け「そなたは」と問うてきた。

「北町奉行所用部屋手附同心、裄沢広二郎と申します」

「なぜこの場に同心が？」

内田の疑義に、古藤が慌てて答える。

「用部屋手附同心は、過去にあった同様のお裁きに関する先例を調べるお役というばかりでなく、先ほど内田殿よりお問い合わせあった牢屋敷への入牢証文を出すところにござりますれば」

これでいちおうの言い訳は立ったはずと思っているところへ、古藤にすれば余計なひと言が背後の裄沢から発せられた。

「付け加えますれば、それがしが彼《か》の母娘からの仇討ちの届けを受け付けましたゆえ、それもあってのことかと存じます」

「ほう、そなたが」

低い声を放ってまじまじと裄沢を見つめてきた内田は、さらに言葉を続けた。

「裄沢殿とやら。そなた今、『母娘の仇討ち』と申したな。菓子屋を成敗した山崎の振る舞いは、こちらの奉行所でも『無礼討ち』として正しき行為と認められたもののはず。それを行った者へ刃傷に及ぶなど、とうてい容認されてよいことではあるまい。それをこの奉行所の同心は『仇討ち』などと言い抜けるか」

「いや、それは――」

オタオタする古藤を尻目に、裄沢は落ち着いて返答する。

「届けを受け付けた上、実行した者が『仇討ち』と主張しているからには、それが正しからざる行為だと断ぜられぬ限り、とりあえずはそのまま『仇討ち』として取り扱うのが町奉行所の慣例にございます」

「そもそも、なぜかように不遜《ふそん》な届けを受け付けたのか。そなたはそこからすでに間違っておろうが！」

「仇討ちを目指す者は日の本六十余州の津々《つつ》浦々《うらうら》からやって参りますので、その一々について中身が適正かどうかを確かめた上で受け付けるか否《いな》かを定めることはできませぬ。体裁が整っている限り、出された届けは全て受け付けることになっておりまする」

「とはいえこたびの場合は、適正ではないとはっきりしておったであろうが」

「受け付けた者が偶々適否を知っていたからとて受け付ける、受け付けぬを分けたのでは扱いに偏《かたよ》りが生じます。そこは同じにしておきませぬと、お上の政《まつりごと》に対し不満を抱く者を不要に生みかねませんので」

得心のいかない顔の内田に裄沢は言葉を重ねる。

「内田様。町奉行所《ごばんしょ》は、受け付けた届けの全てを『仇討ち』と認めるわけではありませぬ。実際に届けられた『仇討ち』が行われれば、それが適正なものであったかどうかはきちんと確かめることとなっておりますす」

「……では、山崎が殺された件については、これから調べを経た上で厳しきお沙汰が下るということじゃな」

ずいぶんとときを掛けるものよと不満を露《あら》わにする内田へ、裄沢は首を振った。

「先ほどから申し上げておりますとおり、これからきちんと調べるということにございます。正しき『仇討ち』であったかどうかは、それで確かめられましょう」

裄沢の言いようへ、内田はついに堪忍袋《かんにんぶくろ》の緒《お》を切った。

「なんと！　山崎の行為に誤りなく、さればそれが因《もと》で殺されたはただの逆恨みで間違いないではないか」

「ですから、それをこれから調べることになると申しております」

「そなたらが認めたことぞ！」

「山崎殿や内田様よりお話を伺ってから後、判明したこともいろいろとございますようで」

「何を言っている！」

「誤りあれば正す――これまでも、町奉行所が行ってきたことにございますが、内田様にはひとつ誤解があるようでございますな」

「誤解じゃと？」

眉《まゆ》を寄せた内田へ、淡々と応じる。

「はい。内田様は、当奉行所が山崎殿の『無礼討ち』を認めたとおっしゃいましたが、それは誤りにございます」

裄沢のキッパリとしたもの言いに、「それは本当か」と内田は古藤へ視線を向ける。古藤のほうは、目を見開いて裄沢を見ていた。

その表情を見て意を強くした内田は、裄沢に視線を戻して強い口調でなじる。

「出鱈目《でたらめ》を申すな。北町奉行所がいつ山崎の『無礼討ち』を否定した？」

打てば響くように裄沢が返す。

「否定してはおりませんな」

「ならば──」

続けようとした内田に、裄沢は言葉を被《かぶ》せた。

「しかし、是認《ぜにん》もしてはおりません」

一瞬詰まった内田だったが、こんな言い逃れで得心するはずもない。

「戯言《ざれごと》を。儂《わし》がここへ参ったとき、古藤殿は儂の言い分に一つも反論はしておらなんだぞ。そは、我が主張を認めたということであろうが」

そう受け取られても仕方のない対応であったし、事実、古藤はそのようにことを収めるつもりであった。

しかし、裄沢は違う言い分を口にする。

「そうではございませぬ。古藤様は、内田様のおっしゃることを承ったただけにて

──それが証拠に、当奉行所からは山崎殿の行いについて、適正であったともなかったとも、何の判断も示してはおらぬはずですが」

これは、言われれば確かにそのとおりであった。異論が出なかったため、庵保家の主張が通ったと内田らが勝手に判断していただけと言われれば、反論はできない。

「……聞いて、そのままにしておいたと？」

「いかにも」

「わざわざここまで出向いての我が言は、町奉行所の内与力に聞き捨てにされたと申すか」

怒りを露わにする内田を、裄沢は不思議そうに見た。

「これは異《い》なことをおっしゃいますな」

「なに？」

「当奉行所が山崎殿の行為の適否について何も申さぬのは当然のこと」

「……………」

「なんとなれば、少なくとも当時山崎殿は、大身のお旗本庵保家のご家来衆にござりましたからな──その行いについて何かあるなれば、ものを申すのはお目付のお役目にござりますれば」

「……町人相手の、町家で起こったことぞ」

「そうであるからこそ、内田様はあの折わざわざご説明のため当奉行所までお越しくだされたのでしょうし、当奉行所としてもありがたく事情を拝聴したわけでございますから」

町奉行所が管轄するのはあくまでも町人である。旗本が目付の統制を受けているということは、その旗本の支配下にある家臣も、主人を介して間接的に目付によって統制されていると言えるのだから、裄沢の主張に誤りはない。

内田が心の内でこの理屈に得心したことを確認し、裄沢はさらに告げた。

「それがし、当奉行所としてご判断はお目付に委《ゆだ》ねたものと理解しておりましたが、それでは不足と内田様がおっしゃるのでしたら、古藤様を通じお奉行様からお目付へご判断を下すよう働き掛けていただきましょうか。

無論のことその折には、内田様や亡き山崎殿から伺った話に加え、当奉行所の定町廻りなどが調べ出したことも漏れなくお目付に提供させていただきますれば」

「む……」

内田は、言葉に詰まってしまった。

庵保家は三代前の長崎奉行就任によって得た潤沢な資金を運用し、いまだ余裕ある暮らしを送れているが、その手立ては武家として堂々と表沙汰にできることではない。目付の注目など浴びることのないよう、これまでずっと目立たぬように心掛けてきたのだった。

それが、自分たちのほうから騒ぎ立てることなどできるはずもない。なにしろこたびの一件は、庵保家が隠しておきたい後ろ暗い部分そのものなのだ。

さらに、何を嗅《か》ぎつけたのかも判らぬ町奉行所からの話まで付け加えられては目も当てられぬ。とうてい頷けるものではなかった。

全てを見越している裄沢が、穏やかに続ける。

「それがしは先ほど、山崎殿が菓子屋の主を斬ったときには『当時山崎殿は大身のお旗本庵保家の家臣にございました』と申し上げました――今がどうなのかは、寡聞《かぶん》にして存じ上げませぬ。

もしや山崎殿の醜行《しゅうこう》が殿様のお耳にまで達し、すでに庵保家の家臣としての身分を失っておるのではと推察致しておりました。さすれば本日内田様がわざわざお越しになられたのは、その旨を我らにお知らせくださり、併せて庵保家が山崎殿とは何の関わりもないことを明らかにされるためであろうと。

もしさようなれば、こたびの仇討ちは仇持ちの浪人者が討たれただけで、お目付が出る幕はいっさいないことになりまする」

「……」

無言になった内田は、裄沢の顔をしばらく凝視した。

裄沢も黙って見返している。

ふと目を逸らした内田が、立ち上がって誰に言うともなく告げた。

「儂の用は済んだようじゃ。帰る」

そのまま見送りを受けようともせずに、一人で溜の間から出ていこうとした。

古藤が慌てて後を追う。

部屋に独り残った裄沢は、内田が出ていくときに下げた頭を戻して肩の力を抜いた。

と、玄関に向かう廊下との境とは違った側の襖がするりと開けられた。

「いざとなったら助《す》けに出ようかと思ってたんだが、要らなかったようだねえ」

言いながら顔を出したのは、吟味方与力の甲斐原だった。

「これは――お気遣い、ありがとうございます。瀬尾様がこちらに来られぬように抑えていただけたようで、ずいぶんと助かりました。感謝申し上げます」

裄沢は、深く頭を下げた。

「なぁに、あいつに好き勝手させてたなぁ、吟味方《こっち》の不始末だ。尻拭《しりぬぐ》いぐれえはしねえと申し訳が立たねえ」

「こたびは、甲斐原様をはじめ皆様にご迷惑をお掛けしました」

「そんでも、やらずにゃあいられなかったんだろ？」

ニヤリと笑った甲斐原に、裄沢は黙って頭を下げる。

甲斐原は、その裄沢に聞かせるように独りごちた。

「町方が大名旗本や商家に出入りしてんなぁ、丸く収められる話を大ごとにしねえで済ますためだ。だのに先方の顔色ばっかり覗《うかが》ってご機嫌取りに終始するなんざぁ、心得違いもいいとこよ――町方役人の名が廃《すた》らぁ」

少なくともこの与力は、瀬尾や古藤よりも独断専行した自分らの肩を持ってくれたのだった。

「さあて。『五十鈴屋』の母娘が無理せずお白洲《しらす》に出られるぐれえ怪我が治る前に、こっちでできる調べはきちんと終わらせとかねえとな」

そう言い置いて、開けた襖を閉めて姿を消した。向こう側の廊下を挟んだ先には、吟味方の仕事場である詮議所《せんぎしょ》が並んでいるのだ。

裄沢は、見えなくなった相手へ向かい、もう一度深く頭を下げた。

九

その日の夜。裄沢と来合の姿は、あの蕎麦屋兼一杯飲み屋の二階小座敷にあった。

以前のときとは違い、二人は弛緩《しかん》した顔で表のめっきり人通りの少なくなった夜道《よみち》を眺め下ろし、ときおり思い出したように酒や肴を口にする。今宵《こよい》は、二人の間に珍しいほど会話がなかった。

いかように処分されることも覚悟の上で決行したたびの企てが、あまりにもすんなりと行き過ぎて、我がことながら呆気にとられてしまった。二人ともに、拍子抜《ひょうしぬ》けしていたのである。

「しっかしお前も、ずいぶんと思い切ったことをしたもんだ」

来合が、思い出したように声を掛けてきた。

「何のことだい」

桁沢は気の抜けた顔で応じた。

五十鈴屋の母娘の届けを自分が受け付けたことにするのは、前々からの打ち合わせのとおりだから、今さらそんなことを言われる憶えはない。

来合は呆れた口調で返答してきた。

「庵保家の筆頭用人相手にまんまと言い抜けただけじゃあなくって、山崎を『すでに放逐《ほうちく》した後だ』ってことにして浪人扱いしろって図々《ずうずう》しく求めた件よ」

市中巡回をしていてその場には立ち会っていなくとも、これだけのことが起これば当然話は伝わってくる。

ようやく理解した桁沢は、自分の考えを明かした。

「そこまでやっておかないと、あの親子のこれからがもう一つ安心できなかったからな」

町人が武家を害したという形のままでは、家臣を殺された庵保家はもとより、武家の誇りに固執《こしつ》するような暴漢の手がいつどこから迫ってくるか知れたものではない。しかし、討たれたのが浪人となれば庶民の扱いだから、無闇に敵視される懼《おそ》れはあまり考えずともよくなるはずなのだ。

殺された亭主の名誉回復を名分にしたにせよ、自分らが強引に関わっていきながら二人に不幸が訪れるのを見過ごすわけにはいかない。できることはやったつもりだが、それでも最後は相手次第の部分を残してしまったのが心残りだった。

「死んじまった山崎を庇ったところで何の益《えき》もないはずだけど、庵保家は山崎とは関わりないってことにしてくれるかなあ」

後は、庵保家が自分らの矜持《きようじ》をどう考えるかだ。

「まあ案じなくとも、まずはそうなるだろうぜ」

来合の受け答えは、さも自信がありそうに聞こえた。

「？」

「知ってるかい？　ホントかどうか知らねえが、この一件のお裁きにゃあ、お目付が二人も立ち会うって噂もある」

町奉行所のお白洲に目付が臨席するというのもよく見られる光景だ。仇討ちは武家にとって重んずべき行為であるというばかりでなく、市中での評判も無視できないことから目付が立ち会うのは不思議でも何でもないが、それでもこの程度の案件で二人も出張《でば》ってくるとなれば異例なことだった。

来合が続ける。

「おいらがあの親子を気にしてそれとなく様子を見てるときも、どこからかこっちを窺《うかが》ってる者の気配があった——敵意は感じなかったから、ありゃあきっと小《こ》人目付《びとめつけ》だったんだろうぜ」

目付に任じられるのはほとんどが家禄五百石以上の旗本の「殿様」であって格式や威厳は高かったが、実際の探索調査にあたるのはその下僚《かりよう》である徒目付《かちめつけ》や小人目付となる。

「俺保家に、もはや死んじまって何の役にも立たねえ男を庇ってるような余裕はねえよ。ましてや山崎は、用人たぁいえお家の裏仕事を全部押しつけられてたような味噌《みそ》っ滓《かす》だ。死人に口なしで、あっさり打ち捨てられんのがオチだろうさ」

来合の言い分に納得した裄沢は、しばし沈黙して酒を口に運んだ。

「なあ」

今度は裄沢が酒の相手に呼び掛けた。

「なんだ」

「あきって言ったか、あの娘の許嫁も、剣術道場やってた爺様《じいさま》の弟子だったんだよな」

「ああ」

「なのに今の生業《なりわい》は、年端《としは》もいかねえ子供相手の手習いの師匠か」

「……剣術の弟子ったって、みんながみんな達人になるってワケじゃゃねえ――いい見本が、おいらの目の前に居《い》ンだろ」

裄沢が来合と初めて出会ったのが、八丁堀にある一刀流の剣術道場だった。来合は入門当初から抜きん出た才能を見せていたが、裄沢のほうは「奉行所へ出てから恥をかかぬ程度までは何とかしてやりたい」という師の思いが、教わるほうにも伝わってくるような指導のされ方だったのだ。

来合の言いようには反応することなく、裄沢は別の問いを発した。

「仇討ちの場で母娘が手にしたなぁ、刀と脇差だったそうだな」

チラリと差し向かいの相手を盗み見るようにした来合は、「らしいな」とひと言のみ応じた。

裄沢も、ただの雑談の続きのように言葉を足す。

「道場やってた爺様の形見《かたみ》だったってことも考えられないわけじゃないが、あれだけしっかりした考え持ってる母親だ。菓子屋やってる町人のところへ嫁《とつ》いでくるときに、『これからの己はもう商家の嫁だ』って確《しか》と性根《しようね》を定めたはずだ。いつまでも武家に未練を残してると思われかねない物を嫁入道具と一緒に持ち込んだとは思えない――母娘が使った大小は、許嫁の持ち物《もん》を借りたんだよな」

「だったらどうした」

反問は、ぐい呑の酒を乾してから口にされた。

肴に箸をつけていた裄沢の視線が目の前の男へと持ち上がる。

「ところが助太刀に入った許嫁のほうも、ちゃんと刀を使って山崎に対したそうじゃないか——そっちの刀は、いったいどっから持ってきたんだろうな」

「……許嫁のほうは浪人者だ。替えの差料《さしりよう》ぐらい持ってたって、おかしかあるめえ」

「さっきの言いようだと、許嫁の手習い師匠のほうは、さほどの腕があるわけじゃないんだろ？　長の浪人暮らしの間、子供らに手習いを教える銭だけでやり繰りしてきたような男なら、大小きちんと持ってただけでも立派なもんだ。とっても替えの差料を手許に残しておくほどの余裕なんぞなかったと思うんだが」

「五十鈴屋の女将は持ち家の菓子屋を売った。助太刀をしてくれる娘の許嫁に刀の一本ぐらい、買ってやることは十分できただろ」

「こたびの仇討ちについちゃあ、相手にも世間にも気取《けど》られないよう十分気を配ってたってのは、一緒にことを進めてたお前さんだって重々承知してるよな。そんな男が、こんな大事な時期にどっかにフラッと行って買ってきたってかい」

鋭い指摘に口を噤んだ来合の顔を、裄沢はじっと見つめた。

「………」

「ありゃあ、お前さんの刀だろ」

咎人《とがにん》を「成敗するのではなく捕縛《ほばく》する」ことを使命とする定町廻りや臨時廻りの多くが腰に差しているのは、刃引《はび》きの刀（刃を研ぎ出していない刀）である。

しかしながら同時に、武士の嗜《たしな》みとして、これとは別にきちんと刃の付いた刀を所有しているのが当たり前だった。

裄沢は、どこからともなく出現した「余分な一本」の出処《でどころ》を、来合だと推定したのだ。

来合は居直ったように真っ直ぐ見返す。

「おいらは、あの親子が山崎と斬り結んでる間もじっと我慢して手ぇ出さなかった。お前に言われたこたぁきっちり守ったぜ」

――俺は、「手を出すな」じゃあなくって、「目に見えるような手の貸し方はいっさいするな」と言ったはずだぜ。

挑むような目で見てくる来合へ、心の中で苦笑を返した。

――まあ、町人の母娘が武家を相手に見事仇討ちを為《な》し遂《と》げたって大騒ぎの陰に隠れて、「助太刀の刀はどこから出てきた」なんて細かい話は忘れられてるようだから、これ以上突き詰めるようなまねは勘弁してやろうさ。

そう矛《ほこ》を納めたのは、来合のこの行為に隠された決意があったように思えたからだ。

来合には、当人がきちんと自覚しているかどうかはともかく、「己が裄沢を巻き込んだ」という意識があったようだ。

こたびの一件で、町奉行所が途中で態度を変えざるを得なくなったことに、もし責任の追及がなされたならば、その矛先は当然来合と裄沢の両方に向かうことになっただろう。そうなったとき、来合は「中立たるべき町方役人の身でありながら、助太刀に刀を渡すような恣意《しい》に従うまねをした」ことを自ら明らかにして「己のほうがより罪が重い」と主張したはずだ。

そこまできちんと先行きを読んだかどうかはともかく、いざとなれば必ずそうしたであろうことは、この男の性格からすれば明らかだった。

——でも、それも起きなかったこと。

なぜか今に至るまで、裄沢や来合の行動に疑義を問う声は上がっていない——

ただし、表面的には、であるが。

庵保家に出入りしながら何の役にも立てなかったことで、面目を失墜《しっつい》したばかりでなく今後の実入りも期待薄になった瀬尾は確実にこちらを恨んでいるであろうし、ことさら問題視されてはおらずとも「無礼討ち」の処理を誤ったと見なされていておかしくない内与力の古藤にも思うところはあろう。

——けど、そんなことはどうだっていい。

今さらこの町奉行所《ごばんしょ》内で良い子ぶるつもりなどさらさらないし、逆恨みを含めて、憎まれることなど飽きるほどに経験済みである。

来合のほうはそう単純ではないかもしれないが、自分の尻ぐらいは自分で拭える男だ。こんなことで変に気を回したりすれば、それこそ「馬鹿にするな」とこっちが殴られてしまう。

「五十鈴屋の母娘と、娘の許嫁だがよ」

勝手に想いを巡らせていると、来合が何か言ってきた。

「その三人がどうした」

「明後日、大番屋から北町奉行所《う　ち》の仮牢へ移されるそうだ」

「いよいよお白洲かい」

「ざっくりしたとこの詮議は、甲斐原様が大番屋で終わらせてるそうだ」

「……ってことは」

「そのまんま、お裁きが下るってことになるかもしれねえな」

よほどの重大事件でもない限り、最初のお白洲と最後のお裁きの申し渡しのみ町奉行が臨席し、途中の詮議は吟味方の与力が行うことが通例であった。軽い罪の場合は全て吟味方で済ませてしまうこともある。

こたびは世間で評判となっている一件だから奉行が立ち会わないということはないが、用部屋手附同心としてお裁きの下調べなどに直接携《たずさ》わるのが本来の仕事であっても、「関わり合い」だという自覚のある裄沢はこの件には関与しないようにしていたし、周囲もそうした態度を尊重してくれていた。だから、進捗《しんちょく》具合《ぐあい》については来合に聞くまでよく知らずにいたのだった。

「そうか」

裄沢はただひと言そう返事をした。

心地よいというには夜風はまだ少々冷たかったが、酔いの回り始めた体にはそれも悪くはなかった。

小伝馬町《こでんまちょう》の牢屋敷には一度も送られることなくお白洲に臨《のぞ》んだ五十鈴屋の母

娘と娘の許嫁には、北町奉行小田切直年よりその場でお裁きが下された。

三人が浪人山崎逸平を仇討ちと称して斬り殺した一件について申し渡されたお沙汰（判決）は、いずれに対しても「無構《かまいなし》（無罪）」であったという。

第二話　長閑《のどか》なり

一

裄沢は、その日もいつもと同じく御用部屋の自分の席で仕事をしていた。

今関わっているのは、すでにほぼ吟味が終わろうというところまで進捗《しんちょく》しており、後はどうお裁きを下すかだけの一件だ。

無論、裄沢が直接お裁きを下すなどということは金輪際《こんりんざい》あり得ないのだが、どのような刑罰が妥当なのかの叩《たた》き台《だい》を出すのも裄沢ら用部屋手附同心の仕事となっている。

その論拠とするために過去のお裁きの事例を拾い出してきたのだが、類似のものが二つ見つかったものの、それぞれの申し渡しの内容が少なからず異なっていたため手間取っているところなのである。

こういう場合は、過去のそれぞれの事例について裁かれるべき罪の詳細やそれがなぜ下された処罰に該当するのかという理屈を正しく理解し、こたびの一件をそれらと比べて「あるべき刑罰」を決めていく必要がある。ためにいまは、腰を据えてじっくり何度も読み込んでいるところだった。

「裄沢」

文机の上の書面に目を落としているところへ、頭の上から声が掛かった。

はい、と返事をして見上げる――普段あまり聞かぬ声だが、誰が発したのかは見る前から判っていた。

すでに日中はだいぶ暖かさを感ずる季節となっており、この日は風も弱かったから、部屋を仕切る襖もほとんどが開け放たれている。

そんな部屋の中で裄沢はといえば、今自分が携《たずさ》わっている案件と過去の事例とで、どこが似通っていてどこが相違しているのかを頭の中で整理すべく、ときおり視線を上げてもの思いに耽《ふけ》っていたのだった。

そうしているうちに、普段あまり見掛けない姿がときおり目に入っていたのだ。

声を掛けられる前にしばらく視線を落としたまま顔を上げなかったのは、その相手と目を合わせたくなかったからだった。

顔を上げれば、予期していたとおりの男が立ってこちらを見下ろしていた。吟味方与力の瀬尾である。

つい先日、六間堀は猿子橋の近くで起きた仇討ち騒動で対立した相手だった。裄沢からすると町奉行所としての道理をきちんと通しただけのつもりではあるが、瀬尾にしてみれば役得の多い出入り先の信用を大いに失うことになった一件だ。

後ろめたさなどは毛ほども感じてはいないが、同時に逆恨みされているであろうことは十分理解している。

「他の皆が忙しく立ち働いておるのに、そなたはのんびり座ったままか」

見下すように言ってきた。

ただ今現在、周囲の連中が調べ物などで席をはずしているだけで、奥を見れば自分と同じように書き仕事をしている者の姿も見えているはずなのだが、そんな反論はするだけ無駄だ。

「用部屋手附同心は、文机の前に座り書きものをするのが主な仕事にございますので」

淡々と、事実を述べるに留《とど》めた。

こちらの言い分など一向に意に介することなく、瀬尾は用件を告げてくる。

「今度のお白洲に掛ける一件だ。どのようなお裁きが妥当か、調べておけ」

無駄だとは思うが、立ち上がりながらいちおう訊いておく。

「それがしで、よろしいのですか」

瀬尾は「生意気な口を利いた」とでも言わんばかりに睨みつけてきた。

「何がだ。それこそ自分らのお役であると、今手前《てめえ》で口にしたばっかだろう。グズグズ言ってねえで、チャッチャと仕事しろ」

裄沢は冷静に返す。

「いえ、どうもそれがしの仕事ではお気に召さぬようだと存じまして、いちおうお伺いしたのですが——よろしければ、ご希望の者が戻ってきたときに伝えますが」

瀬尾は手にした紙を目の前まで持ち上げて示しながら、蔑《さげす》んだ目つきで吐き捨てる。

「へん。このぐれえのことなら、お前みてえなやさぐれの半端者《はんぱもん》にだって何とかなるだろ。他がいるならお前なんぞに頼みゃあしねえが、いねえんじゃ仕方がねえ——さっさとやれよ、手ぇ抜いたりなんぞしたら、承知しねえからな」

「承りました」

乱暴に突き出してきた紙を、何ごともなかったように受け取った。

視線を上げたときには、瀬尾はもう背を見せて去っていくところだった。

「さて」

文机の前に座り直して、渡された紙を見る。煮詰まった仕事から気分を転換するつもりになってざっと目を通してみると、どうやらごく単純な盗人《ぬすっと》の一件のようだ。

日本橋北の馬喰町《ばくろちょう》や横山町《よこやまちょう》で、取るに足らぬ一件の後に立て続けに三軒、都合四軒の商家に泥棒が入った。いずれも小さな見世で、盗まれた金も数両ずつ、それに使い古された道具の類《たぐい》とあまり大きな額ではなかったが、それでも小商《こあきな》いで日々を凌《しの》いでいる者にとっては大きな痛手《いたで》だ。

しかし定町廻りらが調べても大した手掛かりも得られぬまま、しばらくときが経った。

盗人が捕まったのは町方の探索がようやく実ったからというわけではなく、当人が失敗《しくじ》りを犯したからだ。深夜忍び入った五軒目で何もせぬうちに家人に気づかれ、慌てて逃げ出そうとして蹴躓《けつまず》き、足に怪我を負ってしまったと記してある。

捕まった盗人は大番屋に連行され、身柄は定町廻りから吟味方へ引き渡された。吟味方でこの調べを受け持つことになったのが、瀬尾ということになる。

「盗まれた金や古道具の値が、合わせて九両三分《ぶ》（一分は一両の四分の一）余りか」

裄沢は瀬尾から渡された書付《かきつけ》を読みながら呟いた。

計《はか》ったような金額ではあるが、不審は覚えない。

「十両盗《と》れば首が飛ぶ」と言う。これは単なる喩《たと》え話《ばなし》や慣用句などではなく、実際に施行されるお上の処分を語ったものだ。

当然、盗みを働く者にとっても一つの大きな目安となっている（とはいっても、それを理由に盗る金額を抑える盗人などめったにいない）が、この決まりは盗む側ばかりでなく、盗まれた側にも少なからぬ影響を与えていた。

なにしろ、己の証言一つで人ひとりの命が失われるのだ。盗人の首が飛んだところで盗られた金の返ってくる額が変わるわけではなし、そうであるなら間接的にせよ「己が人を死に追いやった」などという後生《ごしょう》の悪い思いはしたくない、と考える者は数多くいた。

あるいは、自分の証言により下手人（死罪）となった盗人に親しい仲間がいたなら、逆恨みで酷い目に遭《あ》わされるかもしれないという恐れもある。

ともかく、よほどの大金を盗られたというなら話は別だが、十数両などという場合には十両をわずかに下回る金額で申告して、相手の命までにはかかわらないようにするということが少なからず行われていた。

こたびは数軒の商家での合算額が十両をわずかに下回ったという形になっているが、同じ理由から盗まれた面々が話し合ってそうした額に決めたものと思われた。

「ふむ」

と、裄沢は唸った。内容としては、ごくありふれた泥棒の一件であり、特段不審な点は見当たらない。

ただし、この一件を持ち込んだのが裄沢に対し含むところのある瀬尾であり、裄沢にものを言ってくる前に妙な動きをしていたことを除けば、の話であるが。

――さて、どうしたものか。

こちらに対し肚に一物《いちもつ》あるのなら、直接ものを言ってきたときにあんな態度は取っていないような気もするが、用心に越したことはない。できる備えはやっておくべきだと考えることにした。

裄沢は、今まで取りかかっていた書き物をいったん中断し、新しい紙を用意し直した。渡された書面を脇に置いて横目で見ながら筆を動かす。

書き上げた物をじっくり読み直し、満足がいくと顔を上げ周囲を見回した。

「水城さん」

ちょうど調べ物から戻ってきた同輩を呼んだ。

「なんだ」

水城は、警戒心も露わに用件を問うてきた。

裄沢は「これを」と言って書き上げた紙と瀬尾から渡された書面を差し出す。

「なんだ、これは？」

水城は受け取ろうとすることなく、紙を突き出した裄沢の手許をじっと見つめてきた。仇討ち騒動のときに、当番同心をしていた裄沢から渡された報告を安易に受け取ったことでとばっちりを受けた、という被害感情が強いのだろう。

しかし、水城も用部屋手附同心であるからには、奉行へ提出すべき報告がもたらされれば受け取らねばならぬのはお役目柄当然のことなのだ。だから裄沢としては、当時の成り行きについて全く疚《やま》しさを覚えていない。

問われたことに、淡々と答えた。

「吟味方の瀬尾様より、お裁きの素案《そあん》を作れとてお調べの概要を渡されました。要約してみたゆえ、漏れや齟齬《そご》がないか確認していただきたい」

「瀬尾様より渡された書面があるなら、それでよいではないか」

また巻き込むつもりかと、水城は嫌そうな顔をする。

「返せと言われかねぬので、願っております」

「……なんで、俺に」

裄沢は相手の顔を見て、口調を変えつつはっきりと告げた。

「水城さん。やりたくなければ、断ってくれてもよい。しかし、もし俺の備えに不足が出てここにいられぬようにでもなれば、次に狙われるかもしれないのは誰か、考えたほうがよくはないか」

問われた水城が裄沢をじっと見ていたのは、瀬尾の人柄と恨みの深さを勘案して、自分が本当に災厄《さいやく》を蒙《こうむ》りかねぬのか測っていたのだろう。

心の内で結論を出した水城は、不機嫌な顔で裄沢が差し出している紙を受け取った。無言で両者を読み比べてから、視線を紙に落としたまま口を開く。

「確かめた。齟齬も遺漏《いろう》もあるまい」

「万が一のときに不備があっては目も当てられぬ。念を入れて確かめ、大丈夫であれば、裏に署名をしてもらいたい」

言われた水城は呆れ顔になった。

「お前さん、そこまで――」

「心配がないなら別に概要を書き写しなどしていません――起こり得ぬことだと言い切れますか」

言い切れないのは、確認を求められて応じた段階で明らかなことだ。そして署名についても、「裄沢の次」になりかねない以上は断りようがなかった。

水城は、言われたとおりに裄沢が作成した概要の裏へ小さく署名を入れた。そして、返すときにひと言添える。

「こういうことは、これきりにしてもらいたい。今後俺は、いっさい関わり合いとうないからな」

受け取った裄沢は、しっかり相手の目を見て告げる。

「関わり合いになりたくないと言うなら、それでも構わない。けれどももしそうならば、そちらが何かされたときも、俺は知らぬふりをしていてよいということですな」

念を押された水城は絶句した。

裄沢が勝手な振る舞いをしたため水城は一方的に迷惑を受けたというなら、後の関わり合いを拒絶することに何ら問題はない。

しかし、少なくとも公式には、裄沢は先般の仇討ちの一件で間違った対応はしていないことになっている。なんとなれば、裄沢はこの件でいっさい責を問われてはいないのだから。

にもかかわらず、相手からの関与は拒否しこちらの都合が悪くなれば助けてもらおうというのは、あまりにも虫が良すぎる。

「どうした」

水城が言葉に詰まっているところへ、脇から呼び掛けられた。

自分らの話に気を取られていた二人は驚いて顔を向ける。

「深元《ふかもと》様……」

二人に声を掛けてきたのは、三人いる内与力の中では最年少ながら、最も切れ者だと噂されている男だった。

二

その日、定刻よりやや早めに仕事場を出た裄沢は、真っ直ぐ帰宅しようとせずに、表門に連なる長屋塀に設けられた同心詰所へ向かった。

順番に巡ってくる当番同心を待機させての、奉行所への来訪者の受付控え所としても使われるが、ここは本来、朝夕に顔を合わせる以外は外回りをしている外《そと》役《やく》（外勤者）たちのための部屋である。

裄沢が中に入る前に、勤務終わりの報告を終えた目的の人物が顔を出した。

「西田《にしだ》さん」

裄沢より一回り以上年上の男が、声を掛けられて意外そうな顔を向けてきた。定町廻り同心の西田小文吾《こぶんご》、日本橋北から神田、下谷《したや》、上野《うえの》などを受け持ちとする熟練の廻り方である。

「おう裄沢か、どうした？　今日、来合は非番だぜ」

それは承知している。わざわざ来合が非番の日に瀬尾がやってきたということも、裄沢を警戒させる一因となっていた。

もっとも、来合がいれば余計なところまで首を突っ込んできそうだから、今このときに限って言えば休みなのは裄沢としても都合がよかったのだが。

「いえ、できましたら西田さんにお話を伺えればと思いまして」

普段ないことを言われた西田はわずかに眉を顰《ひそ》めた。

「おいらに、何か用かい」

「はい。先日西田さんが捕らえた馬喰町や横山町の泥棒の一件で、お尋ねしたいことがありまして」

それを聞いた西田から笑みが消えた。

「そいつをお前さんが訊きてえってのは？」

「吟味を担当した瀬尾様から俺のほうへ仕事が回ってきましたので」

じっと裄沢の顔を見た西田は、「判った」と頷いた。

「飲みに行く約束を断ってくるから、ちょいと待っててくんねえ」

身を翻《ひるがえ》そうとするのへ慌てて声を掛ける。

「お約束がおありでしたら――」

「いや、そっちのほうが大事《でえじ》だ。すぐに戻って来《く》っからよう」

制止しようとした裄沢の声に被せて、出てきた詰所の中へと戻っていった。


日本橋北で馬喰町など四件の盗みを働いた男は、近くにある橋本町《はしもとちよう》の裏長屋に住まう源治《げんじ》という名の遊び人だった。

日ごろから仕事もせずにフラフラしていて、近所の若者を小博打《こばくち》に誘ったり若い女にちょっかいを掛けたりという苦情が絶えず、町内では鼻つまみ者になっていたという。

そんなチンケな男だから、吟味方に厳しい詮議を受けるとすぐに白状に及んだ。盗みは全て認めたのだが、源治の話したことはそれだけに留まらなかった。自分の住まう店《たな》の隣の住人、角三《かくぞう》という鋳掛屋《いかけや》が泥棒の手伝いをしていたと語ったのだ。

源治の詮議を受け持っていた瀬尾は、即座に二人の暮らす長屋へ小者《こもの》を連れて出向き、角三の住まいを検《あらた》めさせた。するとひと間しかない部屋の床下から、四件の盗みで持ち出された盗品のいくつかが出てきたのである。

しかし角三は源治と違い、容易に己の罪を認めようとはしなかった。

業《ごう》を煮《に》やした瀬尾は、角三に石を抱かせた。

石抱きは吟味方が行う責め問いの一つで、十露盤板《そろばんいた》と呼ばれる鋭い突起のある板に罪人を正座させ、膝《ひざ》の上に十二、三貫《かん》（五十キロ弱）もある石板を一枚、二枚と乗せていって自白を強要する尋問法である。

そしてついに、角三からも盗みの手伝いをしたという口書《くちがき》（供述書）への爪印《つめいん》を得たのであった。

瀬尾から裄沢への依頼には、なぜか角三のことは含まれていないようだった。角三の犯した罪について、詳細が書き込まれていなかったのだ。

これは、通常ならまだそちらの調べが終わっていないからと考えられるのだが、口書まで取り終えてまだ調べが終わらぬというところに裄沢は焦臭《きなくさ》さを覚えた。

ために、万が一のことを考えて、源治に縄を掛けた西田から話を聞こうとしているのだった。

「済まねえ。待たしたな」

西田は、言葉どおり急ぎ足で裄沢のところへ戻ってきた。

「ともかく、動きましょうか――ざっかけないところですが、そこでいいですか」

まさか表門すぐそばの詰所の前で長々と立ち話をするわけにもいかず、西田を誘うとすぐに承知してくれた。

伴ったのは、来合と話をする際に使った一石橋袂の蕎麦屋兼一杯飲み屋である。顔見知りになった親父に声を掛け、二階の小座敷へ上がった。

「で、橋本町裏店《うらだな》（裏長屋）の源治のことだったな」

酒肴を置いて小女が下がると、手酌で注いだ酒で軽く喉《のど》を湿らせた西田が水を向けてきた。

「はい。瀬尾様からは概略を記した書面をいただいたのですが、もう少し詳しいことを訊ければと思いまして」

「で、何が訊きてえ」

なぜ依頼者である瀬尾へ直接尋ねずにこっちへ来たのかとか、どこか不審な点でもあるのかとか探りたいことはいろいろあろうに、じっと裄沢の顔を見ただけであっさりと促してきた。

その気遣いに感謝しながら、問いを発する。

「まずは、源治という男の為人《ひととなり》を」

西田はわずかなときを使って考えをまとめた後で話し出した。

「瀬尾様がどう書いたかは知らねえが、ありゃあただのクズだな。弱え者《よえもん》の前じゃあ肩ぁ怒らして威張《えば》ってみせるけど、ちょいと威勢のいいお哥ぃ《あに》さんを見掛けたりすりゃ、すぐにヘコヘコしちまうような小心者だ。

やらかした悪さだって、盗人ぉしでかす前は、餓鬼《がき》と変わらねえような小僧を無理矢理小博打に引き込んで小遣い銭毟《むし》り取るとか、嫌がる娘っ子にしつこく言い寄るとか、そんなモンがせいぜいさ」

「そんな小悪党とも呼べない程度の男が、四軒も立て続けに盗みに入るとは、ずいぶんと大胆な」

西田はまたひと口酒を含んでから答える。

「そいつもまた、小心者だからこそと言えるのかもしれねえな──見境もなく空《から》威張《いば》りして横柄《おうへい》に振る舞ったり、できもしねえ大口叩いたりすんなぁ、人に見下されんのをひどく恐れたがためよ。そんな手前の大口のせいで二進《にっち》も三進《さっち》もいかなくなっちまうと、今度《こんだ》ぁ自棄《やけ》のヤンパチでとんでもねえことをしでかしたりするわけだ。

源治が馴れねえ盗みを四件も立て続けに行ったのも、最初の一件がすんなりいったのに味ぃ占《し》めたってこともあったろうが、一番の理由は博打の負けが嵩《かさ》んで詰みかけてるってえのに、手前を持ち上げてくれるつまらねえ連中にいい顔するのをやめられなかったからだ。盗《と》った金ぇみんな、負けをチャラにするほうへ注《つ》ぎ込んどきゃあ、あそこまで無理することもなかっただろうによ――まぁ、全て自業自得《じごうじとく》だけどな」

「なるほど。で、源治の仲間であった角三という男のほうは」

続けられた裄沢の問いに答えるのに、一瞬の間が空いた。

「角三を捕らえたんは、源治の詮議からその罪を明らかにした瀬尾様が、直接小者を引き連れ自分で出向いて行《おこな》ったこった。だから、おいらはほとんど何も知っちゃいねえ」

「西田さんや臨時廻りを差し置いて、ですか」

瀬尾の書付から半ば読み取れていたことだが、それでも裄沢は驚きの声を上げた。

西田は自嘲半分の顔で応ずる。

「源治をお縄にしたおいらが何にも気づいちゃいなかったんだ、吟味方が捕り物のほうにまでしゃしゃり出てきたって、文句も言えやしねえやな。ましてや、角三の店《たな》の床下から源治が盗んだ品がゾロゾロ出てきたとあっちゃな」

自分らの見逃しがこれほど明白に露呈《ろてい》したからには、他人の領分に嘴《くちばし》を挟んだなどと苦情を入れるわけにもいかないということだった。それでも、言い訳じみた愚痴《ぐち》が漏れてしまう。

「でもよ、後から角三もお縄んなったときゃあ、おんなし長屋の連中もみんな仰天《ぎょうてん》してたんだぜ。『まさか、角三さんが陰であんな男と連《つる》んでたなんて』ってな」

「角三というのは、さほどに猫を被るのが上手い男だったのですか」

西田は自分の疑義を押し殺すように言い方を変えた。

「はてなぁ——まあ、そうだったんだろうねぇ。あの男は生まれたときから、両親《ふたおや》亡くした後までもそのまんまあの長屋で暮らしてきてるってえから、性根を知ってるつもりの面々も少なからずいたはずだけどな。それでもいまだに、『これまで黙ってたけど実は角三は』なんて話は一つも聞こえてきやしねえ」

自分の調べに不足があったことへの反省か、あるいは鼻を明かされたという悔しさからの行動なのか、角三が捕らえられたのをただ指を咥《くわ》えて見ていただけでなく、西田もそれなりに後追いの聞き込みはしたようだ。

「西田さんは、長屋のほうも再度お調べになったのですか」

無論のこと「調べ直したか」と問う以上は角三の住まいのほうの話である。

「いや——さすがにそこまで手ぇ出したんじゃあ、吟味方に喧嘩売るようなマネんなる。こっちに負い目があるからにゃあ、与力相手にできるこっちゃあねえや」

西田は悔しげに吐き捨てた。


翌日の出仕からほどなく、裄沢は西田と組むことの多い臨時廻り同心である柊壮太郎にも同様の質問をしたが、柊から聞けた話も西田とほとんど変わるところはなかった。

吟味方与力の瀬尾は、源治についてばかりでなく角三に関しても、裄沢に何か仕掛けようとしているのではと警戒したが、どうやらその恐れはないものと思われた。

「おい、裄沢ぁ」

裄沢が己の仕事場である御用部屋に戻ると、なぜか瀬尾が自分の席の近くで突っ立っていた。

「これは瀬尾様。おはようございます」

裄沢は表情を変えずに軽く頭を下げる。

「こんな刻限なってからようやく現れやがって、どこが早《はえ》えんだ？　お前、俺《ひと》からの頼まれ仕事を放《ほ》っぽって、どこぉほっつき歩いてやがった」

「少々調べ物がございましたので」

「そういうなぁ、頼まれごとを済ましてからやるモンじゃあねえのか」

瀬尾に絡《から》まれても、裄沢の態度は変わらない。

「調べ物は、ご依頼の件を着実にこなすための確認にござりましたから」

「とか何とか言って、ホントはたぁだどっかで油売ってただけじゃあねえのか――まあ、いいや。そんで、確認も終わったなら、もうできてんだろ。さっさと渡してくれねえか」

「これでよろしゅうございましょうか」

裄沢は、自分の文机に積んだ書き物の中から一枚の紙を抜き出して瀬尾に差し出した。

瀬尾は手に取った紙をチラリと見ると、満足げな顔になって珍しく「ああ、ありがとよ」と礼を言ってきた。

そのまま部屋を出ようとして思い留まり、振り返って言う。

「ああ、こいつを作ってもらうためにおいらが渡した書付、返してもらおうかい」

「何かでお使いになられるので？」

問われて煩わしげに答える。

「こっちにも出すべき報告があるんだよ。ツベコベ言ってねえで、さっさと返しやがれ」

裄沢は同じ書き物の山の中から、さらに一枚の紙を抜き出して瀬尾に渡した。

「ああ、こいでいい」

渡された紙を一瞥し、瀬尾はそのまま御用部屋を後にした。裄沢の前ではこれまで見せたこともないほど上機嫌な様子であった。

三

同じ日の午《ひる》になろうというころ、再び瀬尾が御用部屋に現れたが、今度は怒鳴り込む勢いであった。

「おい、裄沢ぁ。手前こんな手抜き仕事しやがって、いってえどういうつもりだっ、あぁ？」

裄沢が渡した書付を手に、乱暴に振り回しながら血相を変えている。

「どういうつもりだとは、何のことにございましょうか」

裄沢は慌てることなく、冷静に応じた。

今日は評定所も式日ではなく、他に特段の用があるとも聞かされていないため、お奉行はあと半刻もすれば江戸城《おしろ》を下がって町奉行所《ごばんしょ》へ戻ってくると思われる。

今騒ぎになれば、ほぼ確実にお奉行の耳にまで達する。瀬尾が何かやってくるとするならこの刻限だろうと、裄沢は予測していたのだった。

瀬尾は嵩《かさ》に懸かって言い募《つの》ってきた。

「何のことたぁずいぶんな言い草だなぁ——こいつだよ、これ。何だぁ、このお裁きの案文は？　お前おいらに、こんなお裁き下さして恥ぃかかそうって魂胆なのか」

手にした書付を突きつけてくる。

「お話が見えませぬが——それがしは、いただいた書面に基づき『かくあるべし』と信ずる案をお示し申し上げております」

裄沢の断言に、瀬尾は好物を目の前にした空きっ腹の子供のように相好《そうごう》を崩《くず》した。

「ほぉ、『かくあるべし』と信ずる案ねぇ」

ねちっこい目で裄沢を見てくる。次に出てきた言葉は声音《こわね》を一段高くしていた。

「あれだけの盗みをやらかした男を、ただの敲《たた》きで済まそうたぁ、いってえどういう料簡《りようけん》でえ」

「盗みや掏摸《すり》を働いた者は、初犯なれば敲きとは、ご定法《じようほう》の定めるところにございます。盗まれた金品の額が額ゆえ重敲《じゆうたた》きとしましたが、これまで積み重ねられたお裁きの記録を見ましても——」

　桁沢の説明を、瀬尾は最後まで聞かずにぶった切る。

「そんな御託《ごたく》は言われなくとも十分ご承知でえ。お前、こちとらをどこの誰だと思ってやがる」

「それは失礼しました。しかし、ご承知ならば何がご不満なのでしょうか」

　問われた瀬尾は、得意満面で言い返してきた。

「ご不満もご不満、あり過ぎて腸《はらわた》が煮えくり返っちまってるぜ――いいか、桁沢。盗人が初めて捕まったなら敲きだってえなぁそのとおりでも、そりゃあ十両いかねえ盗みの場合だろう。

　こいつぁ十両を超えちまってる。どう考《かんげ》えても死罪にしかなりようがねえだろう。お前、町方で用部屋手附ぃやってながら、『十両盗れば首が飛ぶ』ってのも知らねえのか、あぁ？」

「存じておりますが、いただいた書面によりますと、こたびの一件は十両には届いておりません」

　瀬尾は、さも驚いたとばかりに目を見開いて見せた。

「何だぁ、十両に届いてねえだと？　お前、算術はきちんとできんのか？　自信がねえならちゃんと算盤弾《そろばんはじ》いてみたか？　――これこのとおり、おいらが書いて渡した紙にゃあ、合わせて十両と一分んなるって、きちんと書いてあるぜ」

瀬尾は、新たに懐から出した紙を裄沢の目の前でヒラヒラと振って見せた。

それでも、裄沢は表情を変えない。

「おかしいですな」

「ああ、とってもおかしいよな。まさか用部屋手附がこんな簡単な一件で大間違いをしでかすたぁな——死罪を重敲きで済ませようとしたとあっちゃあ、ただじゃ済まねえぜ」

脅しとも取れる低い声に、裄沢は静かに応じる。

「そのような間違いを犯したならば、さようにございましょうな」

「……おいらは、お前がその間違いを犯したって言ってるんだぜ。お前、なに澄《す》ましてやがる」

「先ほども申しましたとおり、それがしは、瀬尾様よりいただいた書面に基づき『かくあるべし』と思うところを出しただけにございますから」

「お前、おいらが誤った物をお前に渡したって言ってやがるのか——手前の間違いをおいらになすりつけるってか」

裄沢は、朝方瀬尾に渡す書面を取り出した紙の山から、また新たな紙を一枚抜き出した。それを自分でも確認した上で、瀬尾に見せる。

「いただいた書付については、概要をこのとおり書き写しております。これを見ますに、やはり源治が盗みたる金品の総額は九両三分ほどかと――十両には達しておりませぬ」

「お前、わざわざ控えを取ってたってか」

瀬尾は胡乱《うろん》げに裄沢を見た。そんな行為をしたというのは、瀬尾を「信用ならぬ」と見ていたと言っているのと同じことだ。

裄沢は平然と返す。

「何かあっては困りますゆえ。実際、お渡しいただいた書付はご入り用とのことで今朝お返ししましたし、今現実にこのようなことになっておりますから」

フン、と鼻を一つ鳴らした瀬尾は、裄沢の手から紙を奪い取った。

じっと中身を見て、得意げな顔になる。

「ああ、こいつぁ写し間違いだな。井筒屋《いづつや》のほうは、二両二分じゃあなくって二両三分だし、土佐屋《とさや》のほうは三両一分じゃなくって三両二分だ。

合計は十両と一分――お前、こんな大事《でえじ》なとこを間違えて書いてたんじゃあ、何の言い訳にもならねえぜ」

「おかしゅうございますな」

「ああ、確かにおかしいな——で、どう責任を取るつもりでえ」

詰め寄る瀬尾を、裄沢は真っ直ぐ見返す。

「おかしいと申したのは、それがしが書き写した金額に誤りはなかったからにございます」

「！　手前、まだ言い逃れをすると——」

「それがしが書いたお手許の手控《てびか》えの裏をご覧下さい」

何を言い出すのかと、今度は本当に瀬尾が驚き顔になる。

「裏？」

言われたとおりに裏返してみると、紙の隅に小さく何やら書き込まれていた。

「こいつぁ……」

よくよく見れば、裄沢と同じ用部屋手附同心を勤める水城の署名であった。

裄沢が淡々と説明する。

「何かあってはと思いましたゆえ、念のためそれがしの写しに誤りがないかどうか、同輩の水城に確認を求めました」

裄沢の説明を耳にして、そばで様子を覗《うかが》っていた水城も近くに寄ってきた。発言を求められれば、裄沢の言い分に同意する覚悟を定めている。

一瞬言葉に詰まった瀬尾だが、ここまできて追及をやめるわけにはいかなくなっている。開き直ったように態度をさらに強めた。

「はっ、お前一人の間違いじゃあなくって、お前以外にもこんな手合いがいるってことかい」

「瀬尾様は、我らが二人して間違えたと？」

「実際そうじゃねえか」

目つきを厳しくした水城を見ないようにしながら返答した。

「わざわざ確認を求めたほうとそれを受けたほうの、両方が同じ間違いを犯したと」

「それ以外に何がある」

「用部屋手附が、そこまで無能だとおっしゃるのですか」

「じゃなきゃあ、おいらを陥《おとし》いれるためにわざとやったかだな」

「何のためにそのようなことを」

「さあな。おおかたおいらに恨みでもあるんだろう」

水城は無言のままだが、その視線から受ける圧は強くなっている。

「恨まれるようなお心当たりでも？」

瀬尾はキッと裄沢を睨みつけた。

「お前、誰に対してそんな口利いてやがる。手前の間違いを人になすりつけた上にこんな言い掛かりまでつけやがって。こんなことして、ただで済むと思ってんのか」

「ただでは済まぬ事態になっておるゆえ、このような話をしておるのでございましょう」

何か言おうとした瀬尾は、いったん口を閉ざして気を落ち着けた。何を思ったのか、ニヤリと笑みを浮かべて言ってくる。

「まあ、いいや。いったんそいつは措《お》いとこう——けどな、お前の仕事のいい加減さはそれだけのこっちゃ済まねえぜ」

「ほう、他に何が」

瀬尾はどこまでも冷静な態度を崩さぬ裄沢にいい加減苛《いら》ついていたが、これから言い放つべきことを思い浮かべて自然と口元が綻《ほころ》んでくる。

「おいらが詮議してるなぁ源治と角三の二人のはずなのに、こいつぁいってえどういうこった——なんで、源治のことばっかりで、角三をどう裁くかの話が一つも書かれてねえんだ？」

「角三については、瀬尾様の書面にどのような罪を犯しているのか詳しい内容が書かれておりませんでしたので、判断致しかねました。まずは源治のほうを優先するのかと思い、その分だけ出した次第です」

「角三の犯した罪を詳しく書いてねえだぁ？　――ほれここに、ちゃあんと書いてるだろうが。お前、これを見落としたってえのか」

瀬尾は、自分の渡した書付から二枚目をはずして裄沢の目の前に突きつけた。

「二枚目ですか？　おかしいですな」

「なぁにがおかしい」

「それがしが受け取った紙は、一枚だけだったはずですが」

「そんなことがあるけぇ。こうやって、ちゃんと二枚あるじゃねえか――お前、手前のいい加減な仕事を、どこまでも誤魔化しやがるつもりか。

ああ、お前から源治の盗みの確認を求められた水城も、二枚目を渡されてなきゃあ確認のしようはなかったかもしれねえな」

水城が裄沢の応援に回ろうとする気持ちを少しでも弱めようと、瀬尾は言い方を考えながら口にしてみた。

　そこへ、横合いから口を挟んでくる者が現れた。

「瀬尾殿、少しよろしいか」

　顔を向けてみれば、内与力の深元であった。瀬尾に厳しい目を向けている。

「何ですね」

　瀬尾は裄沢へ向けていたより口調を緩めて応じた。

　同じ与力という立場では対等だが、自分は奉行所内でも力のある吟味方とはいえ助役でしかない。一方の深元は、奉行の直臣《じきしん》であると同時に奉行に最も親《ちか》しい内与力として仕える男だ。簡単に敵に回してよい相手ではないのだ。

　深元は厳しい顔つきのまま、真っ直ぐ瀬尾にものを言ってきた。

「昨日瀬尾殿が裄沢に仕事を依頼したところから、それがしは裄沢の上役として一部始終をずっと見ておった。その後裄沢が水城を呼び、何やら普段とは違う動きをしておったゆえ、確かめるために当人へ声を掛けてござる」

　昨日裄沢が水城と話しているところへ深元が声を掛けてきたのは、このためであった。

「瀬尾殿が裄沢に渡した書付と、裄沢がその概要を写した書面、それがしも両方を目にしておる――確かに裄沢の申したとおり、双方の内容は合致しておった」

「それは……」

深元は「少々拝借《はいしゃく》」と口にしながら、昨日最初に瀬尾が裄沢に手渡したものだと主張する書付を奪い取る。

取り戻そうと無意識に手を伸ばしかけた瀬尾は、途中で思い留まり力なく腕を下げた。

瀬尾の様子など気にするふうもなく、じっと書付の中身を見ていた深元が顔を上げる。

「瀬尾殿。ここには、確かにそなたがつい先ほど裄沢に述べた金額が書かれておる。つまりは昨日とは数字が異なっておることになるが、これはどうしたことか」

「いや、そのような――」

何とか弁解しようとする瀬尾へ、深元は畳みかける。

声高《こわだか》に相手を非難した瀬尾とは違い、沈着冷静に事実を指摘する深元の言いようは、却《かえ》ってより厳しいものに感じられた。

「それから、瀬尾殿より裄沢が書付を受け取るところからそれがしがそれを手にするまで、ずっと目は離さずにおりましたが、それがしが受け取った紙はただの一枚でありましたぞ。二枚目などは、確かに有りはせなんだと、はっきり申し上げる」

深元に突き詰められた瀬尾は、それまでの勢いはどこへやら、狼狽《ろうばい》しつつ冷や汗を流していた。

「ええと、もしかすると、裄沢どのに書面を渡してから訂正したかも……」

「それでも、渡しておらぬ二枚目の書面がそなたの手許で一緒になっておる理由にはならぬな」

「ああと、それでは数字を直したときに、渡し忘れていた二枚目と気づかぬうちに重ねてしまったのかも……」

瀬尾による語尾も曖昧《あいまい》な弁解を、深元は情《なさ》け容赦《ようしゃ》なく切り捨てた。

「数字を直したにせよ、渡し忘れた二枚目にその直した一枚目を重ねたにせよ、それは裄沢から書面を取り戻した本日になってから、そなた自身がやったことではないか。そなた、それを失念して裄沢に詰問し、あろうことか御用部屋の仕事の有りようまで疑ったと言うのか」

「いや、御用部屋そのものをどうこうとまでは――」

「そのような言い訳で済むと思うておるか」

「……」

深元の押し殺した怒気に、瀬尾は言葉を詰まらせていた。

「それにそもそも、報告などの書面では間違いなど起こさぬよう、ただ横棒を引いて表す『一、二、三』ではなく画数の多い『壱《いち》、弐《に》、参《さん》』で記すようにと、以前よりお奉行様のお名で通達を出していたはず。これを怠《おこた》ったがために間違いが起きたならば、見間違えたほうではなく通達に従わなかったほうに責があるのではないか？　――瀬尾殿、いかに」

畳みかけられた瀬尾には、わずかな弁明の余地もない。

しかし、そこに生まれた静寂《せいじゃく》は、横合いからの言葉で破られた。

「深元様、お待ちください」

緊迫する二人の間へ、裄沢が口を挟んだのだった。

深元は助け船を出してやった相手からの制止に、瀬尾は自分が糾弾《きゅうだん》していた男から救いの手が差し伸べられたことに、それぞれ驚きを顔に浮かべる。

裄沢は二人に向け、さらに意外なことを口にした。

「深元様。お庇いくださったは真《まこと》にありがたく存じますが、今のお話し合いに出ている事柄は、さほど重要ではございませぬ」

四

「……重要ではないと？」

梯子《はしご》をはずすような発言に深元が唖然とするのへ、裄沢は訂正の言葉を発する。

「より正確には、さらなる大事があるということにございます」

「……どういうことか」

深元は憤《いきどお》りを押し殺して平静を保とうと努める。

裄沢は「ご説明致します」と述べ、場の緊張を緩めて話に耳を傾けられる状況へもっていこうとした。

深元と瀬尾も、今までの話をいったん中断して聞く姿勢をみせる。

それを確かめ、裄沢は自分が二人に介入してまで持ち出した話を語り始めた。

「深元様もお聞きになっていたようにございますが、それがしは今朝、瀬尾様に提出する書面を確かな物にするため調べ物をせんと席をはずしておりました。その結果、一つの疑問に突き当たったのでございます」

「一つの疑問？　それは」

「はい。源治と結託して盗み出した品を預かっていたとされる角三ですが、果たして角三は、本当に源治の仲間だったのかと」

「！　裄沢、お前は……」

自身の調べに突然ケチをつけられた瀬尾は、驚くと同時に怒りを覚えた。

裄沢は構わず自説を述べ続ける。

「それがしは、盗みが行われ、また盗んだ当人が住まう地所でもある日本橋北を受け持つ定町廻り同心の西田さんと、その西田さんと組むことの多い臨時廻り同心の柊さんに話を聞きましてございます。

二人はいずれも、『周囲の住人で源治と角三が連んでいたと知る者は誰もいなかった、みんな驚いていたぐらいだ』と述べておりました——二人が親しくしているどころか、いずれかがもう一方の住まいに入っていくところを見た者すらいないとか。むしろ大人しい角三は、源治を怖がって避けているように見えたそうにございます」

瀬尾はすかさず反論する。

「盗人の仲間だ。そりゃあ、関わり合いを隠しもすんだろうよ」

「そうですか？　このところ源治は結構派手に遊んでいて、いったいどこから金をせびり取っているんだろうかと長屋の面々はみんな不思議がっていたそうですが、その不思議がる中に角三も混ざっていたそうで」

「そりゃ、関わりを知られねえように、そんな振りをするはずだ。何も妙なことはねえ」

「そうでしょうか。仲間なら、目立つマネを続ける源治を諫《いさ》めて、大人しくさせるものだと思いますが。

ところで、源治が派手に金を使っている一方、角三のほうは以前と変わらぬつましい独り暮らしを続けていたそうで。しかも、使わなかったはずの金は捕まった後も見つからず、長屋の連中にも角三が金を預けたり費《つい》やしたりする相手の心当たりはないようで。角三には身寄りもいないとのことですし——そのことについて、お調べになった瀬尾様は、何か角三から聞き出しておられましょうか。どこに隠しているとか、何に使ったとかいうことですが」

「……源治は、角三に分け前をほとんど渡さなかった——そう、脅して言うことを聞かせてたんだ。だから、源治が派手な振る舞いをしてても角三は何も言えずにいたし、捌《さば》けねえ盗品を分け前代わりに渡されただけだから、暮らし向きも変わらなかった」

瀬尾はなんとか理屈を捏《こ》ね上げることができてホッとしたが、裄沢は不思議そうな表情を浮かべる。

「瀬尾様より渡された書付を見るに、角三は源治と対等な仲間だとしか読めはしませんでしたが」

「それは……後から直すつもりだったんだ」

苦し紛《まぎ》れの言い訳に、内与力の深元が冷たい目を向ける。

「そなた、角三の裁きについても案を出しておらぬのは怠慢《たいまん》だと裄沢を叱りつけてはおらなんだか。まさか直す必要のある物を直しもせずに、裄沢を責めておったわけではあるまいな——ああ、そなたが渡し忘れたと言う、二枚目のほうに書かれてあったのか。どれ、しっかりと見せてみよ」

深元が手を出してきたが、進退窮《きわ》まった瀬尾は動くことができなかった。


定町廻りの西田からお縄にした源治の身柄を引き渡された瀬尾は、その源治の自白を鵜呑《うの》みにして角三を捕縛させたのだった。源治が証言したとおり、角三の住まいの床下から盗品が出てきたので、有無《うむ》を言わさず引っ捕らえさせたのだ。

吟味方が、咎人を詮議しただけで、廻り方の同心が捕らえ損ねていたその仲間を暴《あば》き出した——これは、瀬尾にすれば大いなる功績だ。この働きが認められたら、ずっと望んでいた吟味方本役に昇格するのも間近であろう。

そう考えた瀬尾は、後先見ずに源治の言い分に飛びついたのだった。

角三がなかなか自白せずに手こずらせたが、それでも石を抱かせたら簡単に陥落《お》ちた。瀬尾には、明るい先行きが待っているはずだったのだ。


冷や汗が脂汗《あぶらあせ》に変わりつつある瀬尾を尻目に、そしてその瀬尾を追及する深元にも気を遣うことなく、裄沢は淡々と己の見解を述べ続ける。それは、奉行所内の秩序よりも、あるいは瀬尾を追い詰めるよりも、ずっと重要だと思えることが裄沢にはあったからだ。

「いずれにせよ、調べれば判ることだと存じます。深元様には、早急のご対処をお願い申します」

後のない瀬尾は裄沢に嚙みつく。

「何をどう調べれば判るってんだ。そんなもん、角三が自白してるからにゃあ、それが真実だろうが」

「これはあまり言いたくはなかったのですが――角三に石を抱かせるまで、瀬尾様はどれほど真相の究明をなそうとされましたか」

「お前、おいらの詮議のやり方に文句をつけようってえのか」

「それがしは単に、他の吟味方の皆様に比べて石を抱かせるまでのときの掛け方がずいぶんと短いと思ったゆえ、やり方をお尋ねしただけにございますが」

「……ときの長さは関係ねえ。吟味方が『こいつこそ真の下手人で間違いねえ』と思やあ、どんな手を使ってでも白状させるのがおいらたちのやり方だ」

瀬尾が言い放った言葉を、深元がぶった切る。

「それでも、余計な痛みを与えることなく口頭での問答で罪を認めさせるのが吟味方の腕だと、それがしは聞いておるが」

深元の意見に、瀬尾は答える言葉を持たなかった。

裄沢が、話を元へ戻す。

「何をどう調べるかとのお尋ねでしたが、それがしの懸念が当たっているなら、おそらくは源治の住まいの床下を調べただけでほぼ判断はつけられるかと考えます」

「角三の住まいではなく、源治の住まいの床下か？」

深元が疑問を呈した。

角三の住まいの床下は、盗品を発見し取り出したときにすでに荒らされて痕跡が残っていない可能性がある。

瀬尾は源治の供述に従い角三の住まいの床下を調べさせただけで、源治の住まいについては天井裏や床下までは見ていない。これも、手慣れた廻り方ではなく吟味方の瀬尾が采配《さいはい》を振ったことによる弊害《へいがい》と言えよう。

ただ裄沢の考えによれば、角三の住まいの床下を暴いたのが西田だったなら、その時点で源治による供述が嘘であることは明らかになったはずなのであった。

深元の問いに、裄沢は頷く。

「はい。それがしの考えが当たっているならば、源治の住まいの床下には、隣の角三の住まいのほうへ這いずった跡が残っているものと考えます」

「源治が、己の盗んだ品を角三の住まいの床下まで運んで隠したということか」

深元の呟きに、瀬尾が裄沢へ反論する。

「まさか。何だってそんなことぉする」

「西田さんや柊さんからは、源治は尊大に見せているものの実際にはかなりの小心者だと聞いております。現実には盗みに入った先で失敗《しくじ》り捕まっておりますが、源治にすれば、どこかで疑いを掛けられて住まいを調べられるようなことがあるのではと恐れていたのではないでしょうか。

しかし、わざわざ危ない思いをして盗んできた品々をただ捨ててしまうのは勿《もっ》体《たい》ない。とはいえどこかに隠そうにも、自分が容易に出入りできそうな場所だと隠した物が誰かに見つかって、持っていかれてしまうかもしれない」

「だから、角三のところへ。自分とは関わろうとしない男の住まいなら、調べられることはないだろうと——確かに、角三が捕まったと聞いた住人がみんな驚いたほどであるならな」

深元が先を続けたのへ、裄沢は肯定した。

「はい。毎日真面目に鋳掛屋の仕事に励《はげ》む角三は、朝早くから夕刻陽《ひ》が暮れる前まで、ずっと留守にしておりますから。遊び人で、その気になれば昼でも家に居《い》っ放《ぱな》しになれる源治なら、角三の家の床下まで盗品を運び込むことは容易にできたでしょう。

もっとも、その痕跡をきちんと隠すほどの技量があるとは思えませんので、西田さんや柊さんのような経験豊富な廻り方が見ればひと目で見破っていたでしょうが」

「詮議で嘘の供述をして角三を巻き込んだのは」

「角三に罪をなすりつけることで、己の受ける刑罰を多少なりとも軽くできるのではと考えたのではないでしょうか──それも、苦し紛れで咄嗟《とっさ》に思いついたことかもしれませんが」

そう答えた裄沢は、ちらりと瀬尾を見ながら付け加えた。

「まさか、そのように供述すれば罪を軽くするなどと言われたとは思いませんけれど」

裄沢の言葉に瀬尾がピクリと反応する。

それを目にしながら知らぬふりをして、深元が裄沢に言った。

「まあ、源治が誰に何を言われたかは、当人に訊けば容易に判明することでもあるしな」

「ええ、十両を超える盗みを働いたからには死罪は免れないと知れば、口を噤《つぐ》んだままでいるということはないでしょうし」

瀬尾が焦っているのは、暑くもないのに額に汗を浮かべていることからも明らかだった。その瀬尾が言い募る。

「源治の住まいの床下を調べるのは、おいらがやりましょう。元々おいらが手をつけたことですから、最後までやり遂《と》げるのは当然のことですんで」

しかし、深元から「いや」のひと言で拒絶された。

「源治の住まいの調べは、ところを受け持つ西田にやってもらう。最初から定町廻りに任せれば何のこともなく済んだものを、疑いを生じさせたのはろくな経験もない門外漢が余計な手出しをしたためだからな。これ以上、不測の事態を招くようなことがあってはならぬ」

「ですけど――」

抗弁しようとする瀬尾へ、言葉を遮《さえぎ》って裄沢が言い掛けた。

「瀬尾様。万が一にもあらぬ疑いを掛けられぬようにするためにも、ここはお任せしたほうがよろしゅうございます。

それがし自身のことを申さば、先日の仇討ちの一件で、それがしは届けを受け付けた当人であるからには、その後お裁きが下るまでいっさい関わらぬようにしておりました。ために、仇討ちを行った母娘やその助太刀へ、奉行所の者が肩入れしたのではというような疑いは掛けられずに済んでおります。瀬尾様も、ご自身のためそのようにしたほうがよろしいかと」

「何ぃ好き勝手なことぉ。たかが同心風情がその申しようは、僭越だろうが。手前の領分をわきまえろっ」

　瀬尾が叱りつけたのを、深元は冷たく撥ねつける。

「その領分をわきまえぬ僭越な行為をして、廻り方の領分に手を出したのが、このたびかような問題になっておる大因《おおもと》ではないか」

「深元様――」

　ここに至り、深元は瀬尾を呼び捨てにした。

「瀬尾、先ほども言うたとおり、これよりの調べは廻り方に申し付ける。そなたは、結果が明らかになるまで自宅で謹慎《きんしん》しておれ」

「お、お待ちくだされ。深元様は、拙者がさような専横を働いたとホンに思うておられるのか！」

　後のない瀬尾は必死に食い下がる。

　が、深元は顔に同情の色をいっさい見せなかった。

「そなたがこたび、裄沢に仕事を依頼したことに関する行為の数々は、裄沢を陥れんとする企てと疑われて当然のものである。謹慎の理由は、それだけでも十分であろう」

「そんな……」

「不服あらば、お奉行様に直接申し開きをしてみるか。幸いなことに、お奉行様はもうすぐお城から下がってこられようからの」

裄沢と深元を前にしても十分な釈明ができなかった。相手を替えて再び試みても今の状況を覆《くつがえ》す自信はない。

なにより瀬尾は、己の悪行がお奉行の耳に達するのを直接目にすることに、耐えられるとは自分でも思えないのだった。

——まさか、こんなことになっちまうなんて……。

大事な金蔓《かねづる》である庵保家から不興《ふきょう》を買うことになったのは、要らぬところで裄沢がしゃしゃり出てきたからだという恨みがあるばかりでなく、与力の己が一介の同心に虚仮《こけ》にされたという怒りも覚えていた。

しかし、皆から敬遠されて孤立している同心一人など、吟味方与力の己ならばあっさり排除できるはずであった。だからこそ、出世の機会を得た盗人の一件に絡めて責め立ててやろうとしたのだ。

ところが、途中から余計な邪魔立てが入ったとはいえ、己の企てはあの男にあっさりと撥ね返されてしまった。

しかもそれだけでは終わらずに、出世の糸口であったはずの角三捕縛の一件で、己は町方与力の身分すら危うくなりかけている。

町奉行所のお裁きで大きな誤りがあったと後から判明した場合、関わった与力同心が重く処罰されるだけでなく、責任者としてお奉行にも譴責が行われる。このたびの一件で瀬尾の調べに基づき処刑が行われた後で冤罪《えんざい》が判明したなら、己はお奉行に取り返しのつかない汚名を着せることになったのだ。

しかも、内与力から謹慎を命ぜられた以上、今の苦況から自力で脱出する手立てはなくなってしまった。

――いってえ、何が悪かったのか。おいらは、どこで間違えた？

瀬尾の脳裏に、偏屈《へんくつ》そうな一人の男の相貌《そうぼう》が浮かぶ。

――あの用部屋手附にちょっかいかけたのがいけなかったのか……。

いくら思い悩んでも、答えは出そうになかった。

五

肩を落とした瀬尾が御用部屋から退出するのを見送った裄沢は、深元に深く頭を下げた。

「深元様。お救《たす》けいただき真にありがとうございました。あのままでは、いったいどうなっていたことやらと思うと、ぞっとしないものを覚えまする」

近くに立ちじっと成り行きを見守っていた同輩の水城も、裄沢に倣《なら》う。

深元は何でもないと、軽く返してきた。

「なに、これでもそなたらの上役ゆえ、筋の通らぬ言い掛かりには対処して当然」

とはいえ深元のそばにいた、これも内与力の古藤の姿は、瀬尾がやってきて騒ぎ出したとたんに見えなくなっていた。

先般の仇討ちの一件では、瀬尾に引きずられて味噌をつけたような格好になっていたから、「これ以上関わりのない厄介ごとに巻き込まれるのは御免」とでも思って逃げ出したのであろう。

内与力が町方役人の中で唯一幕臣ではなく奉行個人の家来である一方、他の与力同心はほぼ仲間内のみで婚姻や縁組を行うとともに先祖代々町奉行所で仕事をしてきた者たちばかりであるから、内与力の立場からは奉行所の中で自分たちだけが孤立しているように感じられても、仕方のないところはある。

とはいえ、そんな感情に従い直属の下役である用部屋手附同心にまでそっぽを向かれてしまったなら、頼りにできる相手などどこにもいないことになる。

その意味で、古藤の振る舞いはもってのほか、深元の態度こそ正解なのだった。それを判っている深元と理解していない古藤、年齢は古藤のほうがずっと上であっても、奉行の信頼が深元のほうに置かれているのも当然のことだろう。

ただ裄沢の心の内には、わずかな違和感も残っている。これまで自分の上役として見てきた深元が、かほどに下へ気配りするような人物だったかと疑問を覚えたのだ。

まあこれが、たとえば吟味方の甲斐原なら、何の引っ掛かりも感じはしないのだろうが。

深元は、裄沢の内心など何も知らずに訊いてきた。

「だが裄沢。こたびのことで吟味方を敵に回してしまうと、これよりそなた、やりづらくなるのではないか」

庇ってもらった後なれば、確かに本心から案じてくれているのだろうと己の疑い深さを反省する。

裄沢は、表情を暗くすることなく淡々と応じた。

「ご心配には及びませせぬ。かような懸念を覚えた上は、いずれどこかではっきりさせねばならぬことにございました。瀬尾様のほうからあのように出てこられたことは、むしろよいきっかけを作っていただいたようなものにございます」

裄沢も、好んで敵を作るような趣味はない。角三が盗人の一味だとされることに疑念を生じさせたものの、下手に騒ぎ立てれば吟味方の顔を潰すことになりかねず、どう進めたものかという迷いを覚えていた。

ところが、瀬尾は己の出していない書付まで「出した」と言い張り裄沢を責め立てるようなまねをしてきた。

これで、裄沢としても覚悟が決まったのである。

――ここまでしてきたからには、どれだけ大人しくしようとも、瀬尾はデッチ上げた罪でこちらを追い込もうとすることをやめはしまい。ならば、刺し違える覚悟で歯向かうまで。

まさか深元がここまで助けてくれるとは思ってもおらず、上手くいって痛み分けがせいぜいかと考えて肚を決めていたのだが、どうやら幸運と周囲の助力に恵まれてなんとか生き残れたようだった。

ならば、吟味方に白い目で見られようがそっぽを向かれようが構いはしない。

——どうせ、瀬尾にやり込められてたなら先なんぞなかったんだ。多少早いか遅いかの違いだけで、おん出るしかねえならとっとと出てくだけさぁね。

表情《かお》には出さぬようにしてはいたが、これが裄沢の本音であった。


「裄沢さんよ」

調べ物のために書物蔵へ行く途中で背中から声を掛けられた。振り向くと、吟味方与力の甲斐原がこちらに歩いてくるところだった。

「甲斐原様……」

立ち止まって近づいてくるのを待ち、相手も足を止めたところで深々と頭を下げた。

「甲斐原様には、先般の仇討ち騒動のときにもいろいろとお気遣いいただきましたのに、このようなことになりまして——」

瀬尾をやり込めたことに後悔はないし、その結果吟味方の顔を潰す格好になったのもやむを得ないことだったと考えてはいる。

ただ、そのために吟味方の一員である甲斐原にまで不快な思いをさせたであろうことには、他にやりようはなかったかとの一抹《いちまつ》の悔いが残っていた。

が、甲斐原は最後まで詫びを言わせずに遮ってきた。

「そんなこたぁ気にするねえ——お前さんが見通したように、源治の住処《ヤサ》ぁ探り直して角三んとこと床下行き来してた様子が明らかんなりゃあ、すぐに源治の詮議のし直しだ。そんでもって野郎がホントのことぉ洗いざらい白状したら、もうお前さんに文句の言える吟味方なんざ一人もいねえよ。

で、まずは間違いなくそうなるだろうと、おいらは睨んでるしな」

「甲斐原様……」

「瀬尾さんの詮議のやり方や勤めぶりについちゃあ『こんでいいのか』って話が前から一つならずあったんだけどな、なにしろ前のお奉行が最後に引き立てた人物だったんで、うちの親方も年番方の伊佐山《いさやま》さんも、今までどっか遠慮があったんだろうな。二人とも前のお奉行にゃあ、ちょいと普通じゃねえような世話んなったからなぁ」

前のお奉行というのは、現在の北町奉行である小田切直年の前任者、初鹿野信興のことである。初鹿野は、北町奉行を一年弱のみ勤めた柳生主膳正久通《やぎゅうしゅぜんのかみひさみち》の後任として、三年少々の期間町奉行の職にあった。

その初鹿野が、何を思ってか最後に抜擢する形で登用したのが瀬尾だったのだが、直後に初鹿野は急病死。旗本にとっての出世の頂点とも言われる町奉行職は、他のお役と比べて在任中の死亡事例が突出して多いほど激務に追われるお役であるが、初鹿野の場合は前任の柳生が取り散らかした後を引き継いだがため、通常時の町奉行職に輪を掛けた過大な負担がのしかかっていたとも思われる。

やむを得なかったこととはいえ、非協力により多くの仕事を積み残したまま柳生を追い出した格好になった北町奉行所の主《おも》だった面々には、その後始末に奔走した初鹿野の死に対し、どこか後ろめたい思いが残ってしまっていたのかもしれない。初鹿野の「遺志」とも受け取り得る最後の人事は、これによって手をつけかねる不可触《ふかしよくりよういき》領域となったのではないか。

こうした経緯《いきさつ》により瀬尾は、後を引き継いだ現奉行の小田切を含め、なかなかに手を出しづらい存在となってしまったのだろう。

なお、甲斐原が口にした「親方」とは吟味方の最古参与力、坂口伊織《さかぐちいおり》のことであり、「年番方の伊佐山さん」とは北町奉行所の筆頭与力を勤める伊佐山彦右衛《ひこえ》門《もん》を指している。坂口は吟味方を取りまとめる先達《せんだつ》として、伊佐山は人事を扱う年番方与力であるとともに北町奉行所の与力同心の総代として、いずれも不適格者を重要な役職からはずせる権限と職責があった。

ついでにもう一つ、坂口の「親方」という呼称は正式なものではなく、当人の気性に似つかわしいとして周囲からつけられた愛称のようなものだ。これについては、若手で抜擢された吟味方同心が様付けで呼んだところ、「お屋形様」と聞き間違われるとして慌ててやめさせたという笑い話が伝わっている。

「まあ、源治の住処の床板ぁ引《ひ》っ剝《ぺ》がしてみるまでぁ、吟味方はみんな固唾《かたず》を吞んで見守ることになんだろうぜ。そいではっきり白黒ついたなら、親方はじめ誰もお前さんに苦情を言うような履き違えたマネはしやしねえさ」

そう言った甲斐原は、裄沢の肩を一つ叩いて去っていった。


これでとりあえず一件落着かと思っていたのだが、その日の帰り際に表門そばの同心詰所で網《あみ》を張っていた来合に捕まった。

「お前、吟味方の瀬尾様とひと悶着《もんちゃく》あったらしいな」

「ああ、でももう済んだ」

「なんでおいらに報《しら》せねえ」

「なんでって、市中見回りでどこほっつき歩いてるのかも知れないお前に、どう報せろってんだ」

「別に今日だけの話をしてんじゃねえ。瀬尾様にちょっかい出されたなぁ、昨日からだっつうじゃねえか。なら、昨日の帰りでも今朝でも、こっちへ話ぃ持ってくる機会なんざいくらでもあったろうが」

「確かにちょっかいのお膳立《ぜんだ》てされたのは昨日だったけど、実際絡んできたのは今日になってからだ。あるのかないのかも判らないうちに、妙な話を持ってけるかよ」

こんな直情径行《ちょくじょうけいこう》な男にあらかじめ相談なんかできるわけがないし、第一喧嘩を売られたのは自分《こっち》なのだから、人任せにするつもりも巻き込むつもりも最初からなかった。

そうでなくても来合は、先日の仇討ちの一件で裄沢とともにいろいろなところから目をつけられていておかしくない状況になっているのだ。自分らの年代の出世頭《しゅっせがしら》に、これ以上妙な色をつけるようなマネをする気はない。

どれだけ冷たくされてもうるさく付き纏《つきまと》ってくる来合を、裄沢は「もう終わったことだから」の一点張りできっぱりと撥ね除けた。

――こりゃあ、しばらくしつこく言われるか。

内心でそう溜息《ためいき》をついたのだが、実際にはそのようなことにはならなかった。

瀬尾の件とは全く別で、北町奉行所内でも密かに流れたある噂が、来合の耳にも入ったからだろう。

その噂に曰《いわ》く、

「大奥《おおおく》の中臈《ちゅうろう》付のお女中が一人、永《なが》の暇《いとま》を頂戴し（退職申請が受理され）江戸城《おしろ》を出られたそうな」

噂に上った中臈付のお女中とは、およそ十年前に大奥に上がった南町奉行所与力の娘——来合と華燭《かしょく》の典《てん》を挙げる寸前までいった女性《にょしょう》であった。

第三話　手伝い廻り

一

内与力の深元が吟味方の瀬尾に謹慎を命じた件は、その日のうちに町奉行である小田切から承諾《しょうだく》を得るところとなり、ただちに源治や角三が住んでいた長屋へ定町廻りの西田らが派遣された。

疑いの晴れた角三が小伝馬町の牢屋敷から解き放たれたのは、その翌々日のことになる。裄沢は角三釈放の報を聞いて、ようやくいくらか肩の荷が下りたような気になれた。

その後、瀬尾は謹慎から復帰することなく、いつの間にか町奉行所からいなくなった格好になったが、どのような処断が下されて後継がどうなったのか裄沢は知らない。むしろあえて気にしないようにし、機会があっても知ることを避けていた。

そのことはよい。

問題は、同じ時期に流れた全く別の件に関する噂のほうである。

将軍の側室《そくしつ》候補は大奥に中臈として迎え入れられるが、将軍の側室が必ず中臈の中から選ばれるというわけではない。大奥において将軍の目に触れる場で働く者ならば（その気にさせることができればだが）、誰にでも機会はあった。

なので、中臈の中には見目《みめ》のよい女中を自分のそばに置いて自分の手許から次の側室を出そうとする者が少なからずいた。自分に仕える女中にお手がつけば大奥内での自身の権勢にもつながるし、少なくとも他の中臈へ将軍の寵《ちよう》が移るよりはずっとマシだからである。

美也《みや》という名の南町奉行所与力の娘は、側室候補となることを前提に大奥へ上がったはずであったが、実際の身分は、とある中臈付の女中とされたようだ。

たとえ出自が高貴とは言えずとも、ときの老中首座《しゆざ》松平定信《まつだいらさだのぶ》からのお声掛かりで大奥に上がったのだから、通常なら誰か有力者の養女にした上で中臈となっていなければおかしいようにも思える。町方与力という「不浄役人」の娘であることが、そうした途が採られなかった理由なのかもしれない。

それからどういう経緯があったのか、美也は将軍の「お手つき」にはならないまま大奥を出た。お手がつけば必ずや中臈になっているし、そもそもそうなったならお城を出ることなど許されるはずもないから、これは確かなことである。

――来合はどうするのか。

噂は耳にしているはずだ。しばらくの間、裄沢は黙って見守ることにした。が、そうそう長いこと待つわけにもいくまい。ジリジリしながら見ているが、どうやら動こうとする様子はないようだ。

――何やってる。そのまま放っとくつもりなのか。

もどかしく感じながらも己が口を出すのもどうかと、来合へ働き掛けるべきか迷っていた。

「大奥から下がった美也さんなぁ、生家に戻らずどこぞの商家の離れで厄介になってると聞いたぜ」

ついに我慢しきれなくなって水を向けてみた。

しかし、来合は無言のままである。「そんな話はするな」と怒ってくるわけでもなく、ただ黙って聞き流す姿はいつものこの男らしくなかった。

「裄沢、ちょっと来い」

己の仕事場である御用部屋で書き物をしていると、奥のほうからお呼びが掛かった。見れば、内与力の深元である。

深元には瀬尾がこちらを嵌《は》めようとしてきた件で借りがあったが、そうでなくとも己の上役だ。簡単に机の始末をしてから、立ち上がって呼ばれたほうへ向かった。

本日、お奉行はもう城から下がっているはずだが、御用部屋の中にあるお奉行の執務場所を仕切る屏風《びょうぶ》の隙間からちらりと見ると、机の前は空席で姿が見えなかった。

裄沢を呼んだ深元は、こちらを振り返るでもなく部屋を出る。そのまま、奥へ足を向けた。

裄沢は、その先にある小部屋へ目を向け、一瞬嫌なものを覚えた。内密の話があるときに用いられるその部屋で、前回無理難題を押しつけられたことを思い出したのだ。

しかし深元は、その小部屋の手前で廊下を曲がった。突き当たりをさらに奥へと進む。

――この先は、お奉行のお住まい……。

三奉行と呼ばれる幕府の重職の中で、唯一町奉行だけは幕府が設けた役所の中に住まいを与えられていた。

――すると行き先は溜の間か。

先日、仇討ちの一件で奉行所に乗り込んできた大身旗本の筆頭用人を、追い返した場所だった。玄関のほうへ回らずとも、こちらのほうからでも溜の間へは行けるのだ。

しかし、深元はさらに奥へ進む。

――ここは……。

深元が声を掛けて許しを得てから入った部屋の外で、裄沢は思わず立ち止まっていた。

「どうした。そなたも入れ」

中から深元に催促されて、なんとか気を取り直す。

「失礼致します」

息を詰めて頭を下げながら、足を進めた。

部屋に入って片膝をつき襖を閉めると、その場で座り直して頭を下げた。奥を見ずとも、誰がいるかは判っている。

裄沢が伴われたのは内座《ないざ》の間《ま》。お奉行が町奉行所の仕事ではなく、旗本家の当主としての仕事などを行うために使う部屋であった。場所を分ける一番の理由は、町奉行所の与力同心と旗本小田切家の家臣たちの働いている場所が分かれているからだ。当然、仕事に関わる文書の類も分けて保管されている。

「よく参った」

部屋の奥のほうから呼び掛けてくる。確かに、北町奉行の小田切直年の声だった。

は、とのみ応じる声を発した裄沢に、さらに言いかけてきた。

「直って気を楽にせよ。それから、そこでは話が遠い。もそっとそばへ」

裄沢はお奉行の求めに応じて膝行《しっこう》し、いくらか前へ出る。

そこへ、お奉行の脇に控えた深元から声が掛かった。

「裄沢、なぜ呼ばれたか判るか」

裄沢は、わずかに黙した後で答えた。

「……瀬尾様のことでしょうか」

瀬尾の謹慎は、当人の振る舞いに起因する自滅である。ただそうは言いながらも、いち同心の追及によって与力が責を問われるという事態を、看過《かんか》できない人物が奉行所内にいてもおかしくはなかった。もしそうした人物がいるならば、それは瀬尾と同じ与力であるに違いない。

町奉行所で実務上、同心を遥かに超える力を持つ与力を敵に回す――桁沢が覚悟していたことであった。

平静さを保ったまま応じた桁沢へ、深元は頷いてみせた。

「当たらずといえども遠からず、といったところか」

「？」

疑問を顔に浮かべた桁沢へ、深元は言葉を続ける。

「桁沢広二郎。そなたにはこれより、隠密廻りの応援をしてもらうことになった」

隠密廻り同心は、定町廻り同心、臨時廻り同心と並んで市中の治安を守る最前線に立つお役であり、組織上は間に与力を置かず町奉行から直接指揮命令を受ける立場となる。三廻りと称されるこれら三つのお役は、町方同心の憬《あこが》れであり目指すべき到達点だった。

「隠密廻り……その、応援にございますか」

突然の申し渡しに、裄沢は戸惑いの声を上げた。

定町廻りと臨時廻りがそれぞれ六名置かれるのに対し、隠密廻りは二人が定員となっている。その任務は、奉行からの特命を受け、場合により身分を隠し変装するなどして極秘裏の探索を行うことであった。

「応援というのは？」

「隠密廻りは数が少ないからの。ときにより、足りない事態も生ずるのはそなたも存じておるとおりだ」

この物語よりも少し後の文政《ぶんせい》年間に刊行された『江戸町鑑《えどまちかがみ》』に記された町奉行所の職務分課の一項目に、「定廻《じょうまわり》・臨時廻《りんじまわり》・同増《どうまし》」というのがある。

この「同増」というのはおそらく同書に記載のない隠密廻りのことであろうが、素直に読めばあるいは、隠密廻りの記載は省略して、「三廻りの臨時増員」について述べたものであるかもしれない。

三廻りに人員交替のあるときは、すぐに引き継ぎは終わらず長いときが掛かってもおかしくはない。ことによると「増」は、そのようなときに使われたのかもしれない。三廻りの仕事というのはそれだけ重要で、かつ経験のいるものなのだ。

従って裄沢は、内与力の深元を通じてお奉行より、「隠密廻り増」を命ぜられたことになるのかもしれなかった。

「お役替えではない、という理解でよろしいでしょうか」

深元は、目の前にいる奉行への確認もなしに淀《よど》みなく答える。

「ああ、あくまでもいっときの応援だ。身分としては用部屋手附同心のままよ」

次に何を訊くべきか、少しだけ考えてから問いを発した。

「それで、瀬尾様の件がこたびのご下命と『当たらずといえども遠からず』とおっしゃったのは」

「そなたにこのお役を振ったのは、瀬尾の件があったからだ——まあ、そなたには咎め立てられるような過失がないどころか、むしろ当町奉行所《ごばんしょ》の失態を未然に防いでくれたのだから、本来なれば賞賛されて然《しか》るべきところなのだがの」

「ことの是非《ぜひ》はともかく、同じ奉行所に勤めるお方の譴責につながることを致しましたからには、褒賞《ほうしょう》のようなご沙汰はいっさいご無用に願いたく」

裄沢は、落ち着いた声で返答して頭を下げた。

深元はいささかの好意を目元に表して応ずる。

「その言《げん》や殊勝《しゅしょう》。申し訳ないが、こたびはそなたの申し条《もうじょう》のままに進めさせてもらうことと致す」

そこでひと区切り置いた後、さらに続けた。

「ただ、そればかりでは済まぬこともあってな——そなたのやったことに表立って異を唱えることはできずとも、心中《しんちゅう》快く思ってはおらぬ者がおることもまた事実」

「それは、承知しております」

「うむ。ゆえに、しばらくは町奉行所から離れたところで仕事に就いてもらおうかということよ」

「それがしに、何をせよと」

こう問うたのは、昨年末に雑物探しを押しつけられたときも「腕の怪我で普段の仕事が満足にできない」ことを表向きの理由とされたのが頭にあったからである。

深元も同じことを思い出したのか、苦笑を浮かべながら返答してきた。

「いや、こたびは特段、そなたに何かしてもらおうということはない。そなたの思うがままに動いてくれてよいのだ——場合によっては、組屋敷にいたままでもな。

そなたを普段の仕事からはずすことによって、瀬尾の件でそなたに思うところのある者に対しては、そなたが謹慎に近い処分を受けていると見せかけることができる。その一方、勝手気儘《かってきまま》にしてもらって構わぬとすることで、褒美《ほうび》を与えてやれぬ代わりに実際には休みを与えたことにできるという寸法よ」

「……それゆえの、隠密廻りの応援ですか」

前述のとおり隠密廻りには変装しての探索も含まれており、普段着のままで外出したところで何ら咎め立てられることにはならない。「探索が名目だけ」なら、単なる物見遊山《ものみゆさん》がそのまま仕事になってしまうのだ。

ずいぶんとお粗末な始末のつけ方だ、とは思いながらも口には出さず、別なことを問うた。

「それで、この臨時の措置《そち》はいつまででござりますか」

「うむ、それについては追って沙汰をすることと致したい」

休みを与えるなどと言いながら、またいい加減な——という思いは顔に出さずにさらに問う。

「どのように確かめればよろしいでしょうか。何日かに一度、こちらへ参っても？」

深元は初めてチラリと奉行の小田切を覗《うかが》ってから、すぐに視線を戻した。

「では、何かあるときは、そなたの組屋敷へ小者を遣《つか》わすことと致そう」

自分が奉行所へ顔も出せぬほど紛糾《ふんきゅう》するかもしれぬのか、と思いはしたが、己の行為により角三は無事に放免されている。ならばやったことに後悔はないと、改めて思い直した。

深元はさらに言ってくる。

「では、さっそく明日から臨時のお役のほうへ就くように」

「要らぬ苦労を掛けるの」

お奉行までお言葉を掛けてくださる。

「勿体《もったい》のうございます」

お奉行へは含むところなく頭を下げた。

端目《はため》にどう映るかはともかく、深元らが言うところによれば「実態」は褒美であり、自分が奉行所へ顔を出してはならぬ理由も説明されている。ならば、拒む術《すべ》はなかった――もっとも、向こうから休ませてくれるというのを拒む理由もないが。

「判りました。では、本日中に仕事の区切りをつけ、終わらぬものは引き継ぎを済ませまする——褒美や処罰のことはともかく、臨時のお役替えとなったことは同輩に伝えても？」

「ああ、しばらく顔を出さぬことになるゆえ、必要であろう」

「ご配慮忝《かたじけな》く存じます——では、失礼致します」

一礼して退出することにした。頭の中は、同輩に何をどう伝えて仕事の段取りをつけるかで一杯になっていた。

二

急に仕事の中身が変わることになってしまった——というか、仕事からはずされることになってしまったのだが、自身としてはやむを得ないこととして納得しても、簡単には得心せずに騒ぎ立てそうな者がいる。

ならば、周囲から正確ではない噂が耳に入る前に、こちらから直接伝えておくべきであろう。

「もう帰るだけなら、ちょっと付き合え」

仕事を済ませた後、すぐに奉行所の表門を出ずに同心詰所へ立ち寄ったのは、そう考えて来合を連れ出すためだった。向かった先は、例によって一石橋袂の蕎麦屋兼業の一杯飲み屋である。

臨時で他のお役を手伝うことになったという話だけなら周りの客に聞かれても何ということもないが、そこに至るまでの事情は他聞《たぶん》を憚《はばか》るため、やはり二階の小座敷に上がっている。

「ちょっとの間だけだけど、俺も廻り方をやることになった」

酒肴を運んできた小女が下がったのを見計らって「何の話だ」と問うてきた来合へ、胸を張って言ってみた。

「何だと？」

ぐい呑へ酒を注ぎかけた手を止めて、鳩が豆鉄砲を喰らったような顔をして見返してくる。もう一度同じ言葉を繰り返してやった。

「どういうこった」

聞き間違いではなかったことを確認した来合は、中断した作業を再開し酒を口に運んでから問うてきた。

裄沢は、今日深元に呼ばれ、お奉行の前でなされた話をかいつまんで語った。

来合は、裄沢が内座の間に呼ばれたと耳にしただけですでに驚いていた。

「フン、隠密廻りの手伝いか」

気に入らぬという口ぶりでひと言。

「まあ、実態は休みを頂戴したようなものだがな」

裄沢のほうは気軽に返した。

来合が睨んでくる。

「お前、そんなお気軽にお受けしたのか」

「お奉行がいる前でそのご意向を伺ったんだ、まさか突っ撥ねるワケにもいくまい」

「……にしても、ひと言ぐれえ言ってやってもよかったんじゃねえのか」

「何をだ」

問い返されてグッと詰まった来合だったが、わずかに考えて答えを返してきた。

「褒美に休みをもらったって言やあ聞こえはいいが、実際のとかぁ体《てい》のいい謹慎みてえなモンじゃねえか。仕事をはずされたのと、いってえどこが違うってんだ」

「まあ、そこらへんは考え方次第だな――別に俺は、今のお役こそ天職だなんて思っちゃいないし、怠《なま》けてても怒られずに済むなら万々歳《ばんばんざい》ってなもんだけどな」

「ケッ、意味のねえ痩《や》せ我慢《がまん》を」

来合は悪態をついてきたが、お奉行公認で休めるのなら御《おん》の字《じ》だというのは全くの本音である。

それよりも、前から気になっていたことを裄沢は口に出した。

「ところで、お城から下がってきたあのお人にはもう会ったのかい」

「……あのお人って？」

問い返してきたが、反応する前に間が空いたことで心当たりがあるのを誤魔化しているのがバレバレだ。

「言わなくたって判ってるだろ。お前さんとも縁の深かった、南町《みなみ》奉行所の与力の娘さんのこった」

「……昔の話だ」

ぶっきらぼうにひと言だけ返ってくる。

「まだ会っちゃいねえのか」

しつこく問うた裄沢へ、ようやく顔を向けてきた。

「昔の話だと言ってる。今さらどの面《つら》下げて会いに行くってんだ」

衍沢はしばらく黙したまま、じっと来合の顔を見返した。

──未練がねえとはとっても思えない。もしきっぱりと諦めがついてるなら、あれから十年もの長い間ずっと独り身を続けてるはずがない。

なにしろ親戚にも北町奉行所《やくしょ》の連中にも「早く身を固めろ」と繰り返し迫られながら、いっさいその気を見せないのだから。

衍沢を睨むように見返した来合は、しかしながらすぐに目をはずした。その視線は定まらずに宙を彷徨《さまよ》っているようだ。

──ああ、こいつは。

この件については何を訊いてもずっと黙ったままだから心の内を測《はか》ることができずにいたのだが、ようやく判った気がした。

来合は、向こうがどう思っているかを気に掛けるあまり、身動きが取れずにいるのだろう。

もしこちらのことなどすっかり忘れているのに訳知り顔してノコノコ出向くようなまねをしてしまったら──そんな不安を抑えられずにいる。その一方で、向こうにもまだわずかでも自分への気持ちが残っているなら、こうしてときを無駄に費やしている間に全ての取っ掛かりを失ってしまうことになるかもしれないという焦りもあるはずだ。

そんな二つの相反《あいはん》する思いに動きを封じられて、二進《につち》も三進《さつち》もいかなくなってしまっているに違いない。

——元服《げんぷく》前の尻っぺたが青い小僧じゃあるまいし。

呆れはしたものの、この男らしくいつまでも純なところには微苦笑を覚える。

——さて。ならばどう攻めてやろうか。

察したことをそのまんま指摘したのでは、却って意固地《いこじ》にさせてしまうかもしれない。来合の表情をそれとなく観察しながら切り出してみた。

「美也さんっつったっけ。どうやら八丁堀の親元へ帰らねえで、本所かどっかの商家に身を寄せてるらしいな」

「……ほう、そうなのか」

関心なさげに応えてきたが、前にも言ってやったことはあるし、実際にはどこに住んでいるかまで知っているのが表情に出ている。

「なんでなのか、事情は聞いてるのか」

「知らん」

「調べる気は」

「だから、なんでおいらがそんなことをしなきゃなんねえ」

「お前さんなら、そこいら行って訊いて回りゃあ、すぐだろうに」

「……さっきっから言ってる。調べる理由なんぞ一つもねえ」

「轟次郎、そりゃあ本気かい」

「………」

「美也さんが親の家へ帰らないで、なんでお前が受け持ってる本所の商家に住まいしてると思ってんだ」

「そんなもの、頼れる先がたまたま本所にあったってだけだろう。親んところへ帰《けえ》らねえのだって、十年も奉公先へ行きっ放しじゃもう居所がねえのかもしれねえしな――その間に男の兄弟はもう嫁ぇもらってるだろうから、そっちへの遠慮は必ずあるだろうしよ」

「それならなおさら――」

「広二郎、余計なお節介はいい加減にしろよ」

取り付く島もない。このまま続けるとますます意地になって、ずっと何ごともないまま消滅ともなりかねない。

やむを得ず、ここはいったん撤退することにした。

それから数日。裄沢は普段着のまま町を出歩く日々を送っていた。

申し渡しを受けたときには楽ができそうだと喜んだものの、そんな気持ちでいられたのも二日か三日ばかり。その後は市中を歩いていても何か目的があってのことではないから、すぐに飽きてしまった。

そうなると、今まで「面白くもない」と思っていた仕事のことが気になって仕方がなくなる。「あの件はどうなっただろうか」などと、同輩に任せてきた些事《さじ》までが次々と頭を過《よ》ぎる。

ただブラブラと歩いているだけだから、余計なことは考えまいと決めても、気がつけばつい仕事のあれこれを頭に思い浮かべているのだった。

――これじゃあいけない。

そう見たい者に限って「懲罰《ちょうばつ》に見える」褒美だったはずが、これでは本当の懲罰になってしまう。

実のところはどっちでもいいのだが、「褒美を与えた」と言われたのにそれを懲罰と感じるのは癪《しゃく》である。その意味では、意地でも己の感じ方を変えたかった。

考えるのをやめられないなら、もっと違うことに思いを馳《は》せるべきだ。なら、何を――。

いろいろ思い浮かべているうちに、臨時のお役替えを言い渡された晩に酒を酌《く》み交《か》わした来合のことに行き当たった。

――これ以上あいつに何か言っても、抉《こじ》らせるだけになりそうだ。

そう考えて働き掛けるのをやめた。が、来合のことだから、今もまだ手を付けかねたままだろう。

――ったく。これが剣術《ヤットウ》のことなら、喜んで自分から飛び込んでくくせに。

心の中で悪口を言ってやる。

もはや来合をどうこうしようとしても無駄であろう。かといって、このまま座視して二人がすれ違ったままで終わるのは見過ごせない。ならば、どうするか。

――ともかく動くしかないな。

裄沢は不意に立ち止まると、足を進める方向を変えた。

――俺が動かなきゃ何も変わらない。けど、これ以上来合を焚《た》きつけようとするのは悪手《あくしゅ》だ。

となれば、向かう先は一つだけだった。

三

本所の北端、源森川《げんもりがわ》に沿うように町家が立ち並ぶ中《なか》ノ郷瓦町《ごうかわらまち》。植木屋を営む『備前屋《びぜんや》』は、この広く細長い町の西の端のほうにあった。

本所・深川は江戸の武家からすると新興地の扱いとなり、武家地としては大名家の下屋敷も多い。上屋敷や中屋敷から比べると、下屋敷は千代田《ちよだ》のお城（江戸城）から遠い分だけ敷地が広く緑も多かった。殿様の趣味や接待用に大庭園を築いているような藩も、少なからずあったのだ。

備前屋がそんな土地でも北の端に見世を構えたのは、北隣の向島《むこうじま》に樹木を育てられるだけの広大な土地が広がっていることが理由なのかもしれない。

見世の前に立った裄沢は、いったん立ち止まって目的地の二階屋《にかいや》を見上げ、それから中へと足を運んだ。

「御免」

「いらっしゃいませ――お武家様は、初めてのお客様にございますな」

手代らしき見世の奉公人が、さほど上等には見えない小袖を着流しにした二本《にほん》差《ざし》へ、あまり失礼にはならない程度の訝《いぶか》しげな顔で問うてきた。

「ああ、済まぬ。この見世の客ではないのだ」

「と、おっしゃいますと」

手代の表情がいくらか強張《こわば》ったようだ。

裄沢は相手を警戒させぬように、気軽さを保って返答した。

「ここに、お暇を頂戴してお城を出たばかりのお方がおられると聞いてな。前もってご都合を訊いてから伺うようにしなかったのは申し訳ないが、できればお目に掛かれぬかと思うて参った次第」

「……あなた様は」

そう問うた手代の顔はますます厳しくなっている。

「ああ、名乗りが遅れたな――北町奉行所で今は隠密廻りの手伝いをしておる、裄沢広二郎と申す。もし不審を覚えたなれば、この一帯を受け持つ定町廻りの来合轟次郎に問い合わせてくれてよい」

懐から細長い布の包みを取り出し、袋の口から半ばまで十手《じって》を出して見せながら返答した。臨時の応援の身であるからには、本来、町奉行所で保管し市中巡回など御用の際に持ち出すべき十手を、裄沢は「追って沙汰をいただくまで顔を出せないから」という理由で借り受ける許可を得ていたのだ。

「いえ、不審を覚えたなどとは――少々お待ちくださりませ」

相手の身分を訊いて少々慌てた手代は、奥にお伺いを立てに行こうとした。

それを、裄沢が呼び止める。

「ああ、急にやってきたそれがしが悪いのだ。都合が悪ければ日を改めても、あるいは断ってもらっても構わぬと申しておった由《よし》、お伝えしてもらいたい。

それがしはゆっくり待たせてもらうゆえ、お城を出られたお方や見世の主どのやらで十分相談した上で、招くかどうか決めてもらえればよい。急ぐことはないぞ」

裄沢の伝言を承った奉公人は、先ほどよりも深く頭を下げて見世の奥へ向かっていった。

言葉にしたとおり、先方が会うかどうか決めるまでには少なからぬときを要するだろうと思っていたのだが、結果は考えていたよりもずっと早くもたらされた。

「お待たせ申しました。どうぞ、こちらへ」

そう言って顔を出したのは、最初に応対した手代だ。

「よいのか」

「はい。ご案内するよう申しつかりました」

応諾《おうだく》を受けて腰を上げ、案内の後に続きながら問うた。

「これから行く先は、見世の主どののところか」

「……いえ。美也様より、そのままお通しするよう申しつけられております」

初見の侍がやってきて、身分ある女性に会わせてもらいたいなどという頼みごとを突然してきたのに、主が顔を出さなかったことから「あるいは」と予測してはいたが、それにしても無用心で大胆な対応に思えた。

そんなことは口にせず黙って従うと、手代は建物の奥のほうまで足を進める。

さすがに大奥から下がったお女中を住まわせるほどの大店《おおだな》らしく、建物にはずいぶんと奥行きがあった。しばらく進めば、もう表の喧噪《けんそう》は聞こえてこない。

「こちらにございます——美也様、お連れ申しました」

手代は裄沢にひとこと言い置いてから、中へ呼び掛けた。

「どうぞ」

許諾を受けた手代が襖を開けて脇へ退いた。どうやらこの男は、案内をしただを踏み出した。

「手間を掛けた」

そう言って案内してくれた手代へ小さく会釈《えしゃく》してから、「御免」と口にして足を踏み出した。


正面奥に、二十を過ぎたかどうかという見掛けの女性が裄沢のほうを見ながら座っていた。

来合の縁談話があってから十年は過ぎているので、実際の年齢は二十五を越えているはずだが、とてもそのようには見えない。あまり見つめるのは失礼に当たるからすぐに視線をはずしたが、さすが大奥に呼ばれるだけの美形であった。

――こんな美人がいったんは来合と……。

もしかすると、大奥での日々が美也を垢抜《あかぬ》けさせ、美しさにさらに磨きがかかったということかもしれない。

そんなことを考えながら部屋の中に入る。まさか赤の他人の男と二人だけになるはずはあるまいと思っていたが、やはり部屋の隅には女中が一人、目立たぬように控えていた。

「事前にご都合も伺わず、突然訪ねて参った無礼をお詫びする。北町奉行所同心の、裄沢広二郎と申しまする」

裄沢はそう言ってきっちり頭を下げた。

ちなみに、裄沢はこの日が美也との初対面となる。自分の妻になる女とでさえ、祝言《しゅうげん》の席で初めて顔を合わせることが当たり前にあったような時代だから、ただの許嫁の友人でしかなかった裄沢に、当時美也と知り合う機会などはなかったのだ。

裄沢の挨拶へ、美也も臆する様子も偉ぶる素振りもなく真っ直ぐに応えてきた。

「初めてお目に掛かります。美也と申します——いえ、私《わたくし》のほうも一度お目に掛かりたいと思うておりましたので、お訪ねくだされたのはよい機会を与えていただけたと感謝しております」

「？　——それがしのことを、ご存じで」

「ええ、十年も前になりますが、裄沢様のお話はよく伺っておりましたので」

そんな話をした人物は、来合で間違いない。

——あいつ、婚儀間際の娘さん相手に、いったい何を話してたんだか。

呆れながら、思わず遠慮のない感想が口から出た。

「どうせ、やさぐれだの屁理屈屋《へりくつや》だの、悪口ばっかりだったでしょう」

「……そういう言い方をするお方だとは伺っておりました」

綻《ほころ》びかけた口元を隠しながら、そう応じてくれた。

「よかった」

「何でございますか？」

思わず出た呟きに、疑問を浮かべている。裄沢も、わずかに笑みを浮かべて答えた。

「面談に応じてはもらえましたが、けんもほろろに追い返されるかと覚悟しておりました」

「まあ、大奥の女中は、さほどに怖がられておりますか」

「こちらはただの平同心《ひら》にございますからな」

「そうはおっしゃっても、元々私もただの与力の娘に過ぎません」

「さようですな——この十年は違っていたかもしれませんが、またそのお身の上にお戻りになられた」

裄沢の相鎚に、わずかに顔が曇った。

「戻ったとは、言えぬのかもしれませんね」

問い掛ける顔になった裄沢へ、言葉を重ねる。

「すでに実家は、私がいないものとしてそれなりにきちんと形をなしていますし——ときも経っておりますれば、ただの与力の娘にはもう戻れないのでしょうね」

「……それが、八丁堀のご実家へ戻られず、こちらにいらっしゃる理由《わけ》ですか」

「別に、戻るのを断られたわけではありませんよ」

冗談を言うように口にする。

裄沢は、改めて部屋の様子に目をやった。

「こちらの商家とは、どのようなお知り合いで？」

「あら、お調べにございますか」

からかうような言い方へ、頭を下げた。

「申し訳ありません。僭越なもの言いでしたな——別段、探りを入れようとしたわけではなく、ただの興味本位の問い掛けでした。お気に障ったのならこのとおり、お詫び申し上げます」

「いえ、気にしてはおりませんので——ここは、私がお城でお仕えしていたお方のご実家なのです」

「お仕えしていたと言うと、お中臈ですか」

「はい。ご実家であるこちらのお見世が白河様《しらかわ》（松平定信）のお屋敷にお出入りしていたご縁で、とある大身のお旗本を仮親《かりおや》として（名義上の養女にしてもらい）お城に上がられたそうにございます」

植木屋ならば、藩邸に出入りする中でお殿様と直にお話をするような機会もあるのかもしれないと裄沢は思った。

その考えは当たっていて、松平定信は文化芸術面にも造詣《ぞうけい》が深く、老中引退後に江戸の藩邸内や領地にいくつもの庭園を造っている。

裄沢は、話の途中で供された茶を喫《きっ》してからまた口を開いた。

「こんなことを申し上げると、もう一度お叱りを蒙《こうむ》ることになるやもしれませんが」

「何でございましょうか。そう簡単に腹を立てたりはしませんよ」

「では、お言葉に甘えて」とひと言口にして姿勢を正し、それから本題に入った。

「美也様は、将軍家ご側室になられるとて大奥へお入りになった」

「入った者が必ずそうなるわけではありませんが」

「しかし、そうなるべくしてお入りになったお方は皆、お中臈となられると伺っておりましたが――お中臈なれば当然御目見《おめみえ》以上の格にござるが、仄聞《そくぶん》するところ、御目見格のお女中は一生勤めで、永のお暇を許されることはないのではござりませぬか」

この裄沢の言は正しい。将軍が亡くなった後の側室や、年老いてお勤めに耐えなくなった御目見格の女中は、晩年を桜田御用屋敷《さくらだごようやしき》と呼ばれる施設などで過ごす決まりになっていた。そして死去しても、葬儀はお城の関係者によって取り仕切られ、家に戻ることはなかったという。

それまで和《なご》やかに問答を続けてきた美也の顔がわずかに引き締まった。

「確かに。ですが私は、お仕えするお中臈様のご配慮で、御目見以下の格で勤めておりましたので、こうして永のお暇を許していただけたのです」

「……ご配慮ですか」

側室候補として大奥入りしたのに、将軍の目に留まるような場所では原則、その場にいることすらできない（やむを得ずそこに残る場合も、いないものとして取り扱われる）御目見以下に留め置かれたまま、十年も飼い殺しにされたのが「配慮」なのかという疑問である。

「はい、ご配慮にございます」

美也ははっきりと答えて、じっと裄沢を見返した。

「ですが、これ以上のことは申し上げられません。お城へ上がったときに、大奥の中でのことはいっさい外へ漏らさないと誓っておりますので」

決意のこもった顔でじっと見つめてきた。

詳細までは判らずともおおよその推測はできる。裄沢はこれ以上の問いは断念することにした。

ちなみに、裄沢が美也を「様づけ」で呼んだのもこの推測に基づいたからだ。

側室候補前提で大奥に上がったからには、たとえ中臈にはならずとも、御目見以下の格では最上位かそれに近い職位で勤めていたのだろうと考えた。

御目見以下の最上位といえば、幕臣にたとえるなら町奉行所の与力などがこれに当たる。足軽《あしがる》格でしかない同心としては、へりくだるのが当然なほどの身分差があるのだ。

同心は、隠居後の元与力に対しても、少なくとも言葉遣いは相手の現役時と同様にするから、裄沢は美也に敬称をつけて呼んだのだった。

大奥の決まりだから答えられないと言った美也に、裄沢は同意する。

「それは、当然でございましょうな——申し訳ありません。役目柄、つい余計な詮索《せんさく》までしてしまいまして。仕事の癖が抜けなかっただけで他意はありませんので、なにとぞご容赦ください」

裄沢が頭を下げると、美也は「いえ」と表情を緩めた。

ずっと切り出す機会を覗《うかが》っていたのだが、「どうせ謝りついでだ」とここで本題を持ち出すことにした。

「ところで、来合が定町廻り同心として今はこの辺りを含む本所・深川を受け持ちとしていることはご存じですか」

美也は、急に話題を変えられたことに驚く様子もなく「はい」と答えてくる。

「こちらへお伺いしたことは？」

「いえ——備前屋様のお見世先はどうか存じませんが、こうした建物の奥のほうはお役目とは関わりがありませんので」

「そうですか……」

来合ならおそらくはそうであろうと予想のうちではあったものの、「あいつ、本当に何をやってる！」と心の内で舌打《したう》ちしたのだった。

四

美也のほうからは、来合について話を振ってくることはなかった。

となれば、話題はもう尽きたも同然だ。裄沢は早々に退き下がることにした。

――思ってたよりかはすんなりことが運んだけどな。

会うこともできずに追い返されるか、当人にも言ったとおり、たとえ会えても突《つ》っ慳貪《けんどん》な対応をされるのを半分覚悟していたことからすると、その点ではまずまずの首尾だったと言える。

――先方から受けた感じは悪くない。

そう思う一方で、どうにもできていないこともある。

――問題は、こっち側なんだよなぁ。

肝心の来合がのほほんと唐変木《とうへんぼく》を続けているのでは、いくら裄沢が奮闘したところで遠火《とおび》の手焙《てあぶ》りでしかない――まぁ、内心ではいろいろ思うところあって、とてものことのほほんとしてなどはいられない心持ちなのだろうが。

――さて、この先どうするか。

美也が呼ばせた備前屋の手代の案内を受けて外へ向かっていると、見世先のほうで何やら騒いでいるような声が聞こえてきた。

「す、少しこちらでお待ちいただけませぬか」

案内の手代が、慌てた声を出して裄沢を独り置き去りにし、見世先の様子を覗いに行った。

裄沢は素直にそこで立ち止まったが、表のほうから聞こえてくる騒ぎに耳を澄ます。

「何だぁ、もういっぺん言ってみろいっ」

「いえいえ、ですから赤鬼葉《あかおにば》の親分さんには、以前より決まりの金《もの》は遅らせることなくきちんとお支払いしておりますので」

「手前《てめえ》、この甚吉《じんきち》様がわざわざこんなとこまで出張《でば》ってきてやってるってえのに、少しの融通《ゆうずう》もできねえってか」

「親分さんときちんと取り決めさせていただいた上でのことですから、それ以上の持ち出しはご勘弁願います」

どうやら、どこぞのやくざ者か地回りの子分が、小遣いをせびりに来ているようだ。

町奉行所では手が回りかねるところもあるため、捕縛にまでは至らないような強請《ゆす》り集《たか》りなどは土地の「顔役」に解決を委《ゆだ》ねているような側面がある。しかし偶《たま》に、こうした顔役の子分の中で、本来自分らが取り締まるべき対象と変わらぬ行為に及ぶ不届き者も現れるのだ。

裄沢は、案内が戻る前にまた足を進め出した。

「！　裄沢様」

見世先へ出る戸口の陰から騒ぎの様子を覗っていた案内役の手代が、放置していた裄沢が近づいてくるのに気づいた。

裄沢が黙ったまま手代の横に並んで、見世先で騒いでいる男を見やる。口汚い言葉を吐き散らしているのは、どう見てもろくな仕事を任せてもらえないような三下奴《さんしたやっこ》だ。

「赤鬼葉組の親分とは。この辺りの顔役か？」

小声で尋ねた裄沢に、手代も囁《ささや》き声で応じる。

「いえ、小梅村《こうめむら》のほうの地回りです――手前どもは、そちらで苗木《なえぎ》などを育てておりますので」

小梅村のある向島は、江戸でも閑静《かんせい》なところで田畑や林などが広がっているから、植木屋が商売物の木を育てるのにも適した土地だと言えた。そんな、ろくに人のいないところで地回りややくざ者がやっていけるのは、閑静な郊外の景色を売り物にするような料理茶屋が何軒も存在しているからであろう。

赤鬼葉組の子分に応対しているのは番頭であろうか。下手《したて》に出てはいるが相手の要求は頑《がん》として受け付けない、毅然《きぜん》とした態度を取っている。

このままでは埒《らち》が明かないと思ったらしく、甚吉と名乗る三下奴は目の前の男を相手にしない態度に打って出た。

「ええい、手前じゃ話になんねえ。見世の主を呼んでこい」

「ただ今主は所用で出掛けておりますので」

「ンなこと言って、どうせお前みてえな下っ端に任せっきりにして、見世の奥でふんぞり返《けえ》っててんだろう――おおぃ、備前屋ぁ。いるなぁ判ってんだ、隠れてねえで出てきやがれ」

「そんな大声を出さずに」と制止する相手を無視して見世の奥へ視線を向ける甚吉と、あまり隠れる気もなく戸口の後ろから表の様子を見ていた裄沢の目が合った。

裄沢は、甚吉から目をはずすことなく、手にしていた刀を帯に差した。

足を進めていく。
隣で佇《たたず》んでいた手代が慌てて声を掛けてきたが、応ずることなく甚吉目掛けて
「裄沢様――」

「な、何だ、手前は」

刀を帯びるところを見せつけてきた二本差の登場に、甚吉は早くも腰が引けていた。

植木屋ならば成木を運ぶ人足や木を植えたり剪定《せんてい》したりする職人がいる分、いちゃもんをつけるには厄介な場所のはずなのだが、備前屋では躾《しつけ》が行き届いているのか、出入りは必ず裏から行って見世の表にはめったに出てこないことを甚吉は事前に確かめていた。しかし、こんな用心棒を雇っているとはちっとも知らなかった。

無頼《ぶらい》を全面に押し出している甚吉へ、裄沢は落ち着いた声を発した。

「この見世に、ちと所縁《ゆかり》のある者よ。ところでそなた、甚吉とやら。赤鬼葉組の者だと申したな」

「だ、だったら何でえ」

「この見世では赤鬼葉組の親分に、決まりの金はきちんと払《はろ》うておるはずだが、

それに不足があったということか？」

「そんなこたぁ、お前に関わりはねえだろうが」

「所縁あると申したはずだが——ところで、そなたがこのようにやってきておることを、赤鬼葉の親分は当然承知しておるのであろうな」

甚吉はグッと詰まりながらも強がる。

「……だったらどうなんでえ」

「ほう、双方で定めたことを、まさか親分ともあろう立場の者が破ったと——では、使いっ走りのそなたを相手にしても始まらぬゆえ、赤鬼葉の親分のところへ直談判《じかだんぱん》をしに行かねばなるまい」

「なっ、そんなこたぁ——」

「どうした。そなたも、今見世におる奉公人では埒が明かぬとて難儀しておるのであろう。これ以上言い合ってもときを無駄にするだけだ。

なに、小梅村なればさほど遠くはあるまい。源森川《かわ》を渡ってすぐであろう。これより一緒に親分のところへ参ろうではないか」

「な、なんで俺がお前なんぞと連れ立たなきゃならねえ」

「見世はきちんと渡していると言い、そなたは不足があると言っておる。どちらが正しいかは、親分に確かめた上でなければ得心がいかぬと言っておるのだ」

切羽詰まった甚吉は、強引に乗り切ろうと喚《わめ》きだした。

「決まり決まりって、さっきから鬼の首獲《と》ったようにホザきやがって。何が決まりでえ。この俺様が足りねえって言ってんだから、そのとおりにすりゃあいいんだ。さもねえと——」

「さもないと、どうする？」

それまで落ち着いた口調で話していた裄沢の声が、急に低まった。

その冷たい視線に、甚吉は上げかけた声を止めて思わず息を呑む。

「そなたの言い分が正しいと思ってもらえるかどうか、ここへ町方役人を呼ぼうか。それともそなた、ここで暴れ回って俺に引き据えられるのが望みか」

「な、何だとこの野郎……」

「こちらは言うべきことは言った。後はそなたが選べ」

「く、このっ」

何とか虚勢《きよせい》を張ろうとするものの、完全に失敗している。

当人もそれを自覚しているのであろう、尻尾《しっぽ》を巻くことにしたようだった。

「手前、飼い犬風情が、憶《おぼ》えてやがれっ」

捨《す》て科白《ぜりふ》一つ残すや、身を翻《ひるがえ》してあっという間に逃げ去っていった。

――飼い犬？

裄沢は甚吉が吐き捨てていった言葉にキョトンとした。すぐに理由に気がつく。

――ああ。そういや身なりだけじゃあなくって、髷《まげ》も変えてもらってたな。

今は名目上「隠密廻りの応援」ということで、町方らしい黄八丈《きはちじょう》の小袖に黒《くろ》羽織《ばおり》ではなく、普段着を着流しにしている。それに加えて今朝は、来合が寄越してくれる廻《まわ》り髪結《かみゆ》いの銀太《ぎんた》に「せっかく隠密廻りの気分を味わえるのだから」と髷も八丁堀風から変えてもらっていたのだった。

「裄沢様。お助けいただきまして、真にありがとうございました」

甚吉の応対をしていた番頭が頭を下げてきた。

「ん？　いいや、奥との境の戸口のとこから覗《のぞ》いていたら、あいつと目が合ってしまったからな。そのまま引っ込んでも絡んできただろうし、まぁ成り行きだ」

「それは、たいへんなご迷惑をお掛け申しまして」

「詫びは不要だ。別に見世が望んでああなったわけではあるまい。それに、もし俺が何もしなくとも、お前さん方でいくらでも始末はついただろうしな。

まあ、俺があいつに見つかっちまったことで、さらにややこしい話になりかねなかったろうから、自分で始末をつけようとしただけさ。気にせんでくれ」

「いえ、これも手前どもの見世がきちんとしていなかったために起きたことでございますから」

「町奉行所《ごばんしょ》は、強請り集りだの因縁《いんねん》つけだの、あんまり細かいとこまでは手が回ってないからな。その分を自分らで何とかしようとしたら、向こうの下っ端にああいう者《の》が出てくるのは止めようがあるまい。

なら、せめて見つけた分だけでも何とかしようとするのも、俺らの仕事のうちさ。何度も言うが、気にすることはないぞ」

裄沢は何度も頭を下げる番頭を直らせ、「定町廻りの来合には知らせておく」と言い置いて備前屋を出た。

振り向きはしなかったが、見世から番頭ら奉公人が何人か出てきて、去っていく裄沢に頭を下げているのが気配で判った。

五

その日祐沢が組屋敷へ戻ると、迎えに出た下働きの茂助《もすけ》から告げられたことがあった。

「備前屋の番頭が訪ねて来たって？」

一日歩いた足を自分で濯《すす》ぎながら報告に反応する。つい数刻前に会ったばかりなのだ。

「はい、お詫びとお礼だとおっしゃって、いろいろとお品物を置いていかれました」

「気にするなと言ったんだけどな」

「頂戴した品は居間に置いてございますので」

「そうか」

「いったい、何をなさったので？」

「たいしたことじゃない。見世先で因縁をつけてる三下がいたから、ちょっと説諭《せつゆ》してやっただけだ」

「セツユ、にございますか……」

どうも言われたことが判らなかったようだが、気にせず使い終わった手拭《てぬぐい》を渡して中に通った。

廊下を歩きながらチラリと居間を覗く。茂助の言葉どおり、なにやら贈答品の小山が積み上がっているようだった。

「それから、お礼にいらした番頭さんから言付《ことづ》けがございます」

出掛けるときも帰ってからも着替えは独りでやっている。茂助がついてくるのは、その着替えを用意していなかったからかと思ったが、どうやら違うようだ。

「ほう？」

「見世の主が改めてお礼を申し上げたいので、お手数をお掛けしますがご都合のよろしいときにもう一度ご来駕《らいが》を賜《たまわ》りたいとのことです」

「……そうか、判った」

裄沢が返事をすると、茂助はそのまま引き下がっていった。

翌朝。着流し姿に深編笠《ふかあみがさ》を被った裄沢の姿が、本船町《ほんふなちょう》角の広小路《ひろこうじ》に見られた。ここには、東へ向かう荒布橋《あらめばし》と南へ向かう江戸橋《えどばし》の二本の橋が架かっている。

　その江戸橋を、不機嫌な顔をしながら急ぎ足で渡ってくる大男の姿があった。定町廻りの来合だ。

　奉行所へ出仕するべく組屋敷を出た来合に茂助が近づき、裄沢がここで待っていると知らせたのだった。

　裄沢のいるところから江戸橋を渡れば八丁堀だが、北町奉行所へ行くのに遠回りになるこの橋を使う者はいないから、出仕途中の同輩に見られることはまずない。よしんば見られたとしても、来合と話をしている深編笠は、探索で手先に使っている浪人か何かだろうと思ってもらえるはずであった。

　なお、茂助はひとこと伝言を告げただけですぐに来合から離れている。

　橋を渡った来合はすぐに裄沢に気づいたらしく、真っ直ぐ近づいてきた。

「おい、出仕前の忙しい刻限に、こりゃあいったい何の狂言《きょうげん》だ」

　奉行所に近づくなと言われているようなものだから、来合と会うところも同輩に見られないほうがいいだろうとの配慮なのだが、そんなことはどうでもよい。

　喧嘩腰の来合へ、裄沢は端的に告げた。

「昨日、美也さんに会ってきた」

「な……」

来合は目を見開いて絶句した。相手の様子に構わず、裄沢は己の言いたいことを述べる。

「美也さんが中ノ郷瓦町の備前屋で世話んなってるのは、お前さんも聞き及んでるだろ。門前払いを食わされるかと思ったけど、すんなり会ってくれたぜ」

「って、お前——」

「永のお暇を頂戴してお城を下がったっていうのは本当だった。美也さんは八丁堀の実家に帰るつもりはないけど、これからどうするかはまだはっきりと決めてないようだ」

「お前、なんだってそんなことを——」

「ああ、それから美也さんが世話になってる備前屋のほうだけど、そんな大した話じゃないんだが」

そう続けて、小梅村の赤鬼葉の親分のところの跳ねっ返りのことをいちおう報告しておいた。

「……そうか、気には留めとく……そんなこたぁともかくだ、お前、どういうつもりで美也どののところへ——」

見世先でいちゃもんをつけていた甚吉の話にいったん気を取られた来合は、すぐに気づいて話を修正しようとする。が、裄沢はまたも相手の文句を遮《さえぎ》った。

「ところでお前、いつまでもこんなとこで油売ってて大丈夫なのか。そろそろ町奉行所《ごばんしょ》へ向かわないと遅れるんじゃないのか」

裄沢に指摘された来合はあまりの勝手な言いようへ余計に嚙みつこうとし――

そんな暇もないことに気づいて悔しげに睨みつけてきた。

「くそっ、憶えてろよっ」

「アハハ、甚吉が尻尾を巻いて逃げてくときに、今のお前さんとおんなしようなことを言ってたな」

裄沢の笑い声には構わず、来合は背を向けると駆けるような早足で奉行所へと向かっていった。


それから二日。来合がいつ自分の屋敷へやってきてもいいように、裄沢は外出の刻限を遅くし逆に戻りは早めたのだが、そんな気遣いは無駄に終わっている。来ない幼馴染《おさなな じ》みを待つ間、裄沢はすることもなしに、備前屋の番頭が言付けていったことを考えた。

備前屋がただお礼を言ったり接待をしたりするためなら、わざわざ自分の見世に呼ぶ意味はない。口上どおりの願いであれば、主が自分で足を運んでくるでも、それなりに名の売れた料理茶屋あたりに招くでもなく、「見世に来い」などとは言わぬであろう。

そこでこの日の裄沢は、家に仕えるもう一人の下働きである重次《しげじ》を事前に使いに出した上で、先方の了解を取りまた備前屋へ赴《おもむ》いた。

案《あん》の定《じょう》、嘉平《かへい》と名乗った備前屋の主との面談はさほどときを掛けずに終わり、裄沢は再び建物の奥の座敷へと招《しょう》じ入れられた。

「ようこそお越しくださりました」

美也は、笑顔で裄沢を迎えた。

「またお会いできるとは思っておりませんでした」

「お世話になっているお家の恩人にございますもの。私からもお礼を申し上げるのは、当然にございます」

「あの場でも申し上げましたが、それがしがしゃしゃり出ずとも備前屋の奉公人だけでどうにでもなったこと。ただ、向こうの三下にそれがしが目をつけられてしまったようなので、ややこしいことになる前に自分で始末をつけようとしただけです」

「それでも、受けた恩は恩にございます」

そう応じた美也へ、裄沢は言葉を換えた。

「ただまあ、正直に申しますと、上手くいけばこのようにならないかなと思っていたことも確かです」

「あら。私のような者に、まだ何かご用が？」

問い掛ける美也を、裄沢はじっと見返した。

「あると言えばある、ないと言えばない、といったところでしょうか」

無言で問い返す目をしている美也へ、言葉を続けた。

「本当に用があるのは、それがしではありません。が、その者の代わりがそれがしに務まるはずもない——それでただ見ていることができずに、勝手に動き回っているだけですから」

美也も、裄沢から目を逸らすことなく見返してくる。

「お友達思いなのですね」

「面《つら》突き合わせるたびに、悪口ばっかり言い合ってますが」

それを聞いた美也は、どこか力の抜けた表情になった。

「先日お尋ねになった、私の大奥でのことですが」

「口外せぬと誓っておられるのでしょう。無理に聞き出すつもりはありません」

裄沢の遠慮に、美也は微笑《わら》って応ずる。

「ええ。確かに大奥入りするとき誓紙《せいし》を入れましたが、皆がきっちり守っているというわけでもありません。要は、相手も確かめずに不用意に口に出して、外へ漏れるようなことがなければよいというだけですから」

実際、「決まりを遵守《じゅんしゅ》する」とどれだけ誓ったからといって、皆が皆それを守るわけではない。上役の代理で行った墓参《ぼさん》を早々に済ませて芝居見物に興じたり、ひどい者になると加持祈禱《かじきとう》を名目に寺へ行っていながらそこの坊主と乳繰《ちちく》り合《あ》ったりして、処罰されたような事例がいくらでもある。

単に内部事情を少々漏らす程度なら、「噂が広まったりしない」ようきちんと相手を選びさえすれば、さほど気にすることはないのであろう。

「信用していただいたことにはお礼を申します。決して他では口外しないとお約束致しましょう」

裄沢は軽く低頭して誓った。

これまでの日々を思い出してか、美也が懐《なつ》かしげな表情でゆるゆると語り出す。

「この備前屋様をご実家とされる、私がお仕えしたお中臈はお満津《まつ》の方《かた》様とおっしゃいますが、白河様がご老中になられてさほど経たぬうちに、その白河様のご推挙《すいきょ》を受けて大奥へ上がられたお方にございます。早々に公方様のお手もつき、覚えもよろしかったのではないでしょうか。

　ところが、おおよそその一年後に私がお城へ上がったときには、大奥の風向きはガラリと変わっておりました」

「白河様は、質素倹約《しっそけんやく》にずいぶんとご熱心でしたからな」

　そう心当たりを述べた衒沢に、美也は頷く。ただし、この件に関してはそれ以上の説明はないようだった。

　美也の説明に付け足せば、大奥には当初、若き俊英として名高い松平定信の登場を歓迎する向きがあった。男子禁制の女の園において、比較的自由に出入りができた御三卿《ごさんきょう》（八代将軍吉宗の血筋にあたる三つの分家）田安《たやす》家の子であった定信が、大奥から親しみを持たれていたということも大きかろう。

　ところが老中に就任した定信は、自分に味方してくれた大奥に対しても、厳しい経費節減を求めたのである。大奥は大いに落胆し、この裏切り行為へ次第に怒りを募《つの》らせていった。

一方、将軍の家斉《いえなり》は定信のあまりの峻厳《しゅんげん》さに萎縮《いしゅく》し、でき得る限り遠ざかろうとするようになっていた。このため、定信の推挙で大奥に上がったお満津の方と閨《ねや》をともにすることもなくなっていく。

すでに成人して久しく、大奥の内情を直接知ることのできなくなっていた定信は、こうした情勢の変化を重く受け止めることなく「お満津の方が寵《ちょう》をはずれたのであらば次の者を」という単純な考えで、美也を大奥へと送り込んだ。

定信の伝手《つて》で大奥入りした女ならば、お満津の方に世話役が回ってくるのが当然である。なにしろ、大奥を敵に回した人物と関わりある新入りの女中へ、手を差し延べようとする者など他にはいないのだから。

ある意味においての当事者として、大奥の定信への反感を肌で知るお満津の方は、自分に続いて送り込まれてくる者の先行きを大いに案じた。そのため、「ただのお飾りになって手を付けられることのない中臈」ではなく、自分の世話係として美也を手許に置くことにしたのだった。

美也を中臈としなかったばかりでなく御目見以下の格に留めたのは、召し出されたときの説明に反して飼い殺しのまま一生外に出られない身の上になってしまうよりは、折があれば武家の娘として再出発できる機会を与えたかったからである。自分が御目見格以下に留め置かれたことについて、美也が裄沢に「恩を受けた」と語ったのにはこのような理由があった。

一方、「今の情勢では美也に公方様のお手が付くことはない」とお満津の方より手紙で相談を受けた定信のほうも、美也をすぐに中臈にしないという考えをあっさりと受け入れた。

周囲の輿望《よぼう》を一身に集め老中首座の地位に就いた定信は、「今はささいな抵抗があっても、じきに全てが己の思いどおりになる」と万能感に浸《ひた》っていた。大奥を屈服させた暁《あかつき》には、中臈の身で手つかずのままときを経た女よりも、新たに中臈に上がったばかりの女をあてがったほうが、将軍家斉の食いつきもよかろうという算段をしたのである。

美也の話は続く。

「私はお三《さん》の間《ま》（御目見格のすぐ下の職位）として大奥へ上がり、そのままお満津の方様のお部屋子（小間使い）としてお側でお仕えさせていただけたのでした」

「しかし、十年もの間、御目見以下のままでそこに留まっておられた」

祐沢が疑義を呈したのへ、美也ははっきりと答える。

「私がお側に居続けたいと望みましたので」

お満津の方の「後任」を期待されて大奥へ送られてきた美也は、その任を果たせぬまま周囲からの冷たい仕打ちに曝《さら》される運命であった。お満津の方は、その美也を己の懐に入れて、できる限りの庇護《ひご》をしたのである。

一方、お満津の方自身は、美也が来る前も来てからも、周囲から寄せられる寒風に吹き曝されている。そんなお満津の方にとって、本心から自分の手足となって働いてくれる味方はほんのわずかしかいない。

それを知っている美也は、いかにお満津の方から勧められても、永のお暇を願い出る気にはならなかった。

祐沢がはずしていた視線を美也へ向ける。「それが、十年経って大奥から下がられたのはどういう心境の変化か」という問い掛けだった。

「お満津の方様は病を得られ、お若くして桜田御用屋敷へ移られるご決心をなさったのです――私は、お供を許していただけませんでした」

定信は、幕府の財政を建て直して自分の権勢が高まれば、いずれ大奥も屈服させられると考えていた。しかし実際は、若き宰相《さいしよう》登場に世間が湧いたのはほんのいっときのことで、その厳しい施政に評判は一転して大暴落、同志と恃《たの》んでいた同輩老中たちにも次々と離反され、ついに辞職へと追い込まれたのだった。

それも、もう五年ほども前の話。幕政はいまだ「寛政《かんせい》の遺老《いろう》」と呼ばれる老中たちを中心に、表向きは定信が推し進めていた改革路線を継承してはいるが、定信に強制された堅苦しい生活に飽き飽きした将軍家斉が勝手気儘《かってきまま》をし始めるなど、もはや大どころで骨抜きになり、有名無実化しつつあった。

大奥でも、お満津の方に陽が当たることはもはや天地がひっくり返ってもあり得はしない。お満津の方は、「病身にてお子を授かること叶わず」を理由として、中臈の立場を退き桜田御用屋敷で隠棲《いんせい》することを決めたのだった。

どうせ三十になれば「お褥《しとね》遠慮」と言って将軍を床に迎えることはなくなる。お満津の方にすれば、ほんの二、三年ほど、それが早まるだけのことだった。

大奥を去るにあたり、お満津の方は美也に最後の説得を試みた。さらには、隠棲するに際して美也を桜田御用屋敷には連れていけない、と突き放したのである。

そうなると、美也としても頼みとする者から離れた後の己の行く末を考えざるを得なくなる。このまま大奥に残っても支えるべき人もなく、大勢の中で独り孤立してしまうのは明らかだった。

かといって、八丁堀の父の下へ戻っても、そこにはもう己の居場所はないであろう。おおよそは自分が悪いのだが、すでに便りすらほとんど届かなくなっているような有り様なのだから。

大奥に勤める御目見以下の女中には、三年ごとに親元へ宿下がりできる休みが与えられる。三年目、最初の休みには美也も八丁堀へ戻ったものの、父や兄が口にしたのは「いつ中臈になるのか」「御目見以下でも公方様から側室にとのご要望が出ることもあるそうだが、お前にそんな機会はないのか」などという話ばかりであった。

かつて大奥へ上がる話が舞い込んできたときも、美也にも結納《ゆいのう》を交わしたその相手にも気遣いを見せることなく、ただ自分らが立身できそうだと喜んでいた二人である。その心根がいささかも変わらないのを知って、美也はその後に訪れた二度の休みの機会には、宿下がりの願いを出すこともせずにこの日に至っていた。

そんな美也へ、しばらく自分の生家で暮らしてみるよう勧めたのもお満津の方だった。美也は、自ら望んでというより、他に選ぶべき途《みち》がなくて備前屋に厄介になっている、というのが今の状況である。

詳しくは語らずとも、裄沢にもおおよそのところまでなら察することができていた。しかし、これで己の推量がほぼ的を射ていたと確信できた。

大奥にとって秘事となるであろうところは口にせずとも、己の来《こ》し方《かた》を明かしてくれたのがどういう心情からかも推量できる。

――なのに、あの唐変木はいつまでも何してやがる。

馴染みの大男を思い浮かべて心の中で悪態をついた。

それから裄沢は、褒美にしきれないで懲罰とも取り得る、公称「隠密廻りの応援」という今の己の立場を、奉行所の内情に触れない範囲で美也に面白おかしく語って聞かせたのだった。

六

赤鬼葉組の三下・甚吉は、両国橋東詰《りょうごくばしひがしづめ》の広小路を当《あ》て所《ど》なく歩いていた。

江戸の主要な橋の袂には、大火事の際に橋を伝《つた》って火が対岸にまで燃え広がらないよう、広く空き地が設けられている。広小路と呼ばれるこの空き地は両国橋の両端にもあるが、通行人が多い上に橋の両側に繁華な町人地があることなどから、広小路には数多くの仮設の見世が置かれて賑《にぎ》わっていた。

両国橋東詰の広小路には、お城から遠い側になることもあって、西側より猥雑《わいざつ》な商品を売る見世や怪しげな見世物小屋も建ち並んでいる。女子供や立派な身なりの武家などとなると、周囲の見世には見向きもせず、足早に通り過ぎていく姿が見受けられた。

そんな中で物騒な面をして歩く甚吉を、道行く人々皆が避《よ》けて通り過ぎる。甚吉の顔は殴られて腫《は》れ上がり、青痣《あおあざ》や切り傷がいくつもできていた。いずれも前日、同じ組の仲間にやられたものだった。

同じ組の仲間——いや、今はもう、「前は仲間だった野郎ども」だ。

小梅村には町家なんてそんなにないから、普段はろくに見回りにも来ない定町廻りが親分を訪ねてやってきたと聞いたときに、何とはなしに嫌な予感がしていた。その町方役人が帰った後、「親分が呼んでいる」と言われて不安が的中したことが判った。

「お前、おいらの顔に泥ぉ塗《ぬ》ってくれたばかりでなく、組の商売までお釈迦《しやか》にしようとしやがったな」

初めは何のことか判らなかったが、罵倒《ばとう》されているうちに備前屋へ小銭をせびりに行ったことだと理解できた。

親分の顔を潰そうとしたつもりも、組の商売の邪魔をしようとしたつもりもなかった。ただ、ちょいとばかし小遣い銭が欲しかっただけだ。

けれど親分の前では、言い訳ひとつできなかった。恐ろしくって口なんか利けないほど親分が怒っていたからだし、そうでなくとも口答えしただけで酷《ひど》い目に遭わされるのは身に沁《し》みて判っていたからでもある。

甚吉は仲間——だった男たちに引きずられて土間に転がされ、みんなから散々な打擲《ちょうちゃく》を受けた。

途中で親分がその場を立ち去り、いくらかは哀れんでくれたのか哥《あに》いが適当なところで皆を押し留めていなければ、死にはしなくとも不自由な体になってしまっていたかもしれない。

——どうせなら、殺されちまってたほうがよかったかもしれねえ。

自棄《やけ》になった甚吉《やきをいれ》にはそう思えていた。

皆から制裁を加えられただけで罰は終わらず、甚吉は組から放り出されてしまったのだ。

――なんでえ。ただの植木屋から、ちょっとばかし小銭をせびろうとしただけじゃねえか。それを、親分までがあんなに怒って。そりゃあ、あの植木屋がどっかの偉い殿様んとこに出入りしてるって話は聞いたことがあったけど、その殿様は何かの失敗《しくじ》りを犯して落ちぶれたって誰かが言ってたはずだ。だから、あの見世に因縁つけたって怖くはないし、少々ゴネれば一分や二分ぐらいはすぐに出してくるだろうと思ったのだ。

――それをあのしみったれた番頭の野郎、難しい顔して渋りやがって。

甚吉はこれまで、その辺の小見世から集《たか》ったことぐらいしかなかったから、大きな見世ほど「無茶な要求をしてくるような三下に下手に応じて癖にならせてはいけない」という指導を徹底しているとは知らなかった。

組を放り出されてしまって、これからどうしていけばいいのか見当もつかぬまま不安ばかりが募ってくると、自然と誰かに恨みを向けたくなる。そんな甚吉の脳裏に、着流し姿をした二本差の姿が浮かんだ。

――そういや、あの野郎。

思い出すと、だんだんに腸《はらわた》が煮えくり返ってきた。

――番頭とやりあっているとき、横合いから大《でけ》え面して口を挟んできやがって。

立派なお武家の家来にもなれねえで、商売人に尻尾ぉ振ってる素浪人が。あいつがしゃしゃり出てさえこなけりゃ、きっと上手くいっていたに違えねえのに。親分のとこへ町方役人がわざわざ来ることだって……。

――まてよ。

甚吉は、ふと思う。

――あの野郎、「町方に届けるか」なんておいらを脅してきやがったな。なら、独活《うど》の大木《たいぼく》の定町廻りに告げ口《チクッ》たなぁ、あの用心棒か。余計なことをしやがって……。

実際にあの男が告げたのかどうか定かではなかったが、甚吉の中ではそんなことはどうでもよくなっていた。いずれにせよ、備前屋に雇われた者であるからには、恨みを向けられて当然な男だ。

――おいらをこんな目に遭わしといて、手前は定町廻りにみんな押《お》っ被《かぶ》せて温々《ぬくぬく》してやがる。このまんまにしちゃおけねえ。

当人にはただの仕返しという認識しかなくとも、八つ当たりができる相手を見つけた甚吉は、その場からさっと身を翻した。

今日も裄沢は、特段の目的もなく市中をそぞろ歩いていた。神田、日本橋から芝《しば》、愛宕下《あたごした》などにも足を運んだ日はあるが、城北《じょうほく》や城西《じょうさい》方面にはあまり気が向かない。

組屋敷から遠いため、戻るのにときが掛かりそうだというのが一番の理由であろう。まあそれも、周囲の景色を見飽きたら気持ちも変わってくるのだろうが。

今のところよく足を向けるのは、若いころ本所方として日々歩き回っていた本所・深川だった。

昨日は小名木川から南の深川界隈《かいわい》を細い道までいろいろと見て回った。今日は組屋敷を出て何の気なしに歩いていたところ、気づけば霊岸橋川沿《れいがんばしがわ》いの亀島町《かめじまちょう》川岸通《かわぎしどお》りを北へ足を向けていたので、やはり大川を渡ることにした。昨日と同じところを回っても仕方がないから、本所へ向かうことにする。

昔本所方を勤めていたころもずいぶんと歩き回ったものだが、十年も経てばいろいろと変わった場所もあって、普段通るだけでは見過ごしてしまうようなところまで興味深く見て歩いた。

ふと気になるところも見つけてしまい、今の本所方に伝えるべきかどうか少々迷ったのだが、些細《ささい》なことなので今後も機会があるときに注意して見るようにすれば大丈夫だろうと結論づけた。

「おい、裄沢」

南本所番場町《みなみほんじょばんばちょう》辺りを歩いているところで後ろから声を掛けられた。細かな武家屋敷が集まっている本所の中では町家や寺が多い場所で、それなりに人通りがある。

その人の流れを透《す》かして見れば、来合がこちらを見つけて寄ってこようとしていた。その姿を見て、裄沢は「隠密廻りの応援」を命ぜられてから、自分がなぜ本所・深川によく足を運んでいたのか判ったような気がした。

隠密廻りの応援は、命ぜられたとき言われたように、見せかけであって実際の思惑は別にある。見方によっては懲罰とも受け取れる格好にしてあることから、外役（外勤）で市中に出ている同輩とバッタリ顔を合わせるのはやはりどこか気詰まりだったのだ。

しかし、顔を合わせるのが来合ならば、そんな気持ちにならずに済む。

来合はお供をしていた奉行所の小者を置き去りにして裄沢に歩み寄ってきた。

「お前、また備前屋へ行ったそうだな」

憤然としたもの言いを意に介することなく言い返す。

「そういうお前は一度も美也さんと会ってないそうじゃないか」

「……前にも言ったが、これはおいらと美也どの二人のことだ。お前に余計なお節介を焼かれる謂《い》われはねえ」

何を思っての頑《かたく》なさか見当がつかず、裄沢は溜息をついた。

「こたび備前屋へ行ったのは、先日の甚吉とかいう三下を追っ払った礼で呼ばれたからだ」

「奥へは通ってねえと？」

「今言った理由で呼び出された。向こうへ行ってから案内されりゃあ、断る理由はない」

来合はじっと裄沢を見つめた後、ようやく口を開いた。

「何度でも言うぞ。お前はもう、余計なお節介は焼くな」

裄沢の返答も聞かずにくるりと身を翻した。

甚吉は、自分をこんな境遇に落とした用心棒に意趣返《いしゅがえ》しをするべく、一路中ノ郷瓦町の備前屋を目指していた。特段の理由がなくとも武家地の中を通るのは何となく気づまりだから、できるだけ町人地を抜ける道を選んでいる。

北割下水《きたわりげすい》は無頼な御家人連中も多い小普請組の組屋敷が集まっているところなので、そこを過ぎたときにはいくぶんか肩の力が抜けた。ここから、ようやく左右いずれも町人地や寺があるような土地になる。

人通りも増えてきた中を余所見《よそみ》もせずに歩いていたが、前方の人影を目にして思わず足が止まりかけた。

――ありゃあ、昨日親分を訪ねてきた定町廻り。

黒羽織に着流しは廻り方の装束《しょうぞく》だし、あれほど図体《ずうたい》の大《でか》い男を見間違えるはずもない。よくよく見れば、向かい合って話しているのは、これから仕返ししてやろうと思っていた相手のようだ。

――こいつぁ、上手《うめ》えとこに行き合った。

町方役人の前で手出しはできなくとも、後を尾《つ》ければいくらでも機会はあるだろう。備前屋で用心棒の仕事をしているところを狙うより、今のほうがずっと隙は多いはずだ。

甚吉の足取りは緩やかなものに変わったが、歩みを止めはしなかった。普段なら自分から町方役人に近寄るようなまねはしないのだが、このときは心の内で燻《くすぶ》り続ける怒りが小心を上回っていた。

向こうに気取《けど》られぬよう慎重に近づいてみると、何やら二人は言い合いをしているようだ。用心棒が落ち着いているのに比べ、定町廻りのほうは怒っているように見える。

ただの植木屋の用心棒と町方役人の間柄というより、顔見知りに見える。

——ああ、そうか。

こいつは定町廻りの手先として使われている浪人者だったのかと理解ができた。おそらくは、備前屋に請《こ》われて用心棒代わりを勤めさせていたのだろう。

——植木屋の用心棒に収まったこって暮らしも上向いて、もう町方なんぞの言うことはまともに聞かなくてもよくなったってか。

町方役人の大男が怒っているのは、旦那だったあの男を逆に顎《あご》で使うようなまねをしたからかもしれない——この俺様のことを告げ口してだ。

——あの野郎、余計なまねぇしやがって。

だからあんなに早くお役人に話がいって、定町廻りが動いたのだと思えば、ますます浪人者への怒りが募ってきた。

自分の思いと同じようなことを定町廻りが口にしているのも耳に入らない。町方の手先《イヌ》なら、ますますそのまま捨ててはおけないという気になっていた。

いったん気を鎮めた甚吉は、できるだけ顔は動かさずに視線だけで左右の様子を探る。

近くに細い路地があり、講《こう》仲間か何かの年寄りの集団が右手から、二挺《にちよう》続いた駕籠《かご》が左手からやってくる。

——これなら、手早くやりゃあ逃げられそうだ。

定町廻りが遠ざかってからだと却ってどっちへ逃げたか見定められそうだ。いくら言い合いしてても、目の前で知り合いが倒れ込んだら、まずはそっちに気を取られんだろう——そこまで明確な思考の末に判断を下したかはともかく、甚吉はこの男なりに現状を把握した。

絶好の機会だ。何もせずに済ますという考えは持てなかった。組から追放されてこの先どうしていいのか思いもつかない甚吉は、怒りも相まって破れかぶれの衝動に突き動かされていたのだ。

定町廻りが手先の浪人者にくるりと背を向けた。

——今だ！

甚吉は懐に突っ込んだ手で匕首《あいくち》を取り出し、鞘《さや》を捨てて恨み骨髄《こつずい》の手先目掛けて地を蹴《け》った。

「何度でも言うぞ。お前はもう、余計なお節介は焼くな」

怒りに任せた来合は裄沢をひと睨みして背を向ける——とそのとき、視野の隅に急速にこちらへ近づいてくる人影が映った。

人影の中心部分には光る物が見える。素早《すばや》い動きの人影は、自分のほうではなく裄沢のほうへ向かっているようだ。

裄沢は、その動きに気づいていない。

何も考えぬうちに、体のほうが反応した。


「何度でも言うぞ。お前はもう、余計なお節介は焼くな」

来合が感情のままに言葉をぶつけてきて、そのまま背を向けた。

——今は何を言っても届くまい。

裄沢は内心で溜息をついた。黙って見送ることにする。

と、そのまま去っていくはずの来合が、再び振り返ると急に迫ってきた。

なんだ？　と思う間もなく衝撃が来る。気づいたときには尻餅《しりもち》をついていた。

来合に突き飛ばされたのだと、ようやく理解した。

なぜにこんな子供じみた乱暴を、と顔を顰《しか》めながら起き上がろうとすると、周囲の喧噪が耳に入ってくる。突き飛ばされたことで視界からはずれた来合の姿を探せば、すぐそばで町人姿の若い男を押し倒していた。

「たかが手先じゃねえか。なんで役人が身を捨ててまで庇ってきやがる」

男――甚吉――の喚き声が、人々の騒ぎの中でひときわ高く響いた。

来合の供をしていた奉行所の小者が素早く寄ってきて、男を捕《と》り縄《なわ》で縛り始める。

「誰が手先だ。お前が刺そうとしたなぁ、北の御番所の裄沢様だ」

小者に教えられた甚吉が、茫然《ぼうぜん》とした顔で裄沢を見た。

最初に現れたとき、用心棒にしちゃあずいぶんと身綺麗《みぎれい》にしているという違和感はあった。けれど、「備前屋ほどの大店で雇われてんなら」と、深くは考えずに済ませた。

そんな自分の浅はかさが後悔となって湧き上がってくる。

「まさか、隠密廻り……」

ようやっと、己の勘違いと、しでかしたことの重大さに気づいたのだった。

自分が救われたのだと、こちらもようやく認識した裄沢は、立ち上がって来合に歩み寄ろうとする。

片膝立ちの姿勢で甚吉を取り押さえていた来合は、小者に任せられるようになるのを待ってようやく手を離した。と、その体がグラリとよろめく。

来合の手が赤く濡《ぬ》れているのが、裄沢の目に入った。

「轟次郎っ」

裄沢の叫《さけ》び声が、ようやく口を閉ざして成り行きを見守ることにした人々の間に響き渡った。

七

「御免」

その日の夕刻、間もなく見世を閉めようかという備前屋に、突然裄沢が現れた。

「これは裄沢様」

小遣いをせびりにきた甚吉に応対した番頭が、姿を認めて近づいてくる。

「申し訳ないが、急用だ。奥に取り次いでもらいたい」

「それは……どのようなご用か、お伺いしても？」

遠慮がちに伺いを立ててきた番頭を、裄沢は表情を崩すことなく見返す。

「それは、お目通りして申し上げる。奥のお方には、『裄沢が火急の用で訪ねてきている』とのみお伝えいただければよい」

「さようにございますか……」

「それでお会いいただけぬのであれば今日は帰って、改めて手紙を差し上げる」

「……判りました。ともかく、お話は奥へ通させていただきますので」

承諾した番頭は一礼し、奥へと下がった。

番頭が戻ってきて裄沢を中へ案内したのは、それからすぐのことだった。


「何か、急のご用ですとか」

裄沢が顔を出して早々、美也が問うてきた。

裄沢は表情を緩めることなく返答する。

「本日、ここより数町南の町人地で騒ぎがありまして」

美也は黙って続きを聞く。

「この界隈を受け持つ定町廻りの来合轟次郎が怪我を致しました」

「！」

一瞬息を呑んだ美也だったが、気を取り直して子細《しさい》を尋ねる。

「して、お怪我のほどは」

裄沢は何かを言い淀み、言葉を探してから口にした。

「今は組屋敷に戻して養生に努めさせておるところです――それで、美也様にお願いがあるのですが」

「何でしょうか」

美也は身を乗り出す。裄沢は、努めて冷静に言葉を並べようとした。

「お立場もおありでしょうが、どうか来合を見舞ってやってはもらえないでしょうか。どうか、この通り。お願い申し上げます」

裄沢は美也に対し深々と頭を下げた。これまで目にしたことのない必死な姿だ。

「来合様は、さほどに……」

美也の顔が不安に曇る。直った裄沢が言い募った。

「勝手ながら、駕籠を見世の外に待たせております。できますれば、すぐにもお越し願えぬかと」

「……………」

「美也様！」

促された美也は、即座に決断した。

「判りました。参りましょう」

「お着替えは？」

「このままで大丈夫です」

「では、さっそく」

「はい」

言いながら、もう二人は立ち上がっていた。

祈沢と美也が座敷から出ると、外出すると聞いた番頭が「お供を用意する」と慌ててやってきた。

祈沢は番頭に行き先を告げ、「先行するゆえ供の者は後から寄越すように」と応じた。美也に異論がない様子から、番頭も受け入れる。「火急」と聞いているからには、さらなる引き留めは控えたのだった。

祈沢は美也が乗った駕籠の横につき、見世の者が見送る中ですぐに出発させた。

垂《た》れを下ろした駕籠の隙間から見える八丁堀の景色は、ここで生まれ育った美也には懐かしいもののはずだが、全く目に入ってはこなかった。

そんなことより、来合の容体《ようだい》が案じられる。

駕籠は、自分の実家があるところよりもずいぶんと手前のほうの組屋敷の前で止まった。駕籠昇《かごか》きが履《は》き物《もの》を揃《そろ》えてくれるのももどかしく外へ出る。

待っていた裄沢が、先んじて建物のほうへ足を向けた。駕籠昇きに払う駄賃は雇ったときに前もって渡してあった。

美也が足早に裄沢に続く。

入り口に立った裄沢は、案内も請わずに戸を開けると中へ言い放った。

「裄沢だ、入るぞ」

台所のほうから女中兼下働きの老婆が顔を出す。

「これは裄沢様」

裄沢は勝手知ったる他人の家とばかりに、老婆を置き去りにしてズンズンと進んだ。

美也は老婆を気にしながらも、会釈しただけで裄沢の後に続く。老婆は何も言わずに二人が通り過ぎるのを見送った。

裄沢は、少し先にある部屋の前で立ち止まり、襖に手を掛ける。

「轟次郎、いるか」

襖を開けると、ちらりと美也のほうを見てそのまま中へ踏み込んだ。

仕方なしに、美也は部屋の入り口に立ち裄沢の背後から中を見た。

「広二郎か、何だ今ごろ――」

両足を前に投げ出すように座っていた来合が裄沢に言いかけ、その後ろから覗いている人物に気づき言葉を失くした。

「……美也どの……」

呆《ほう》けたような顔でひと言だけ呟く。

美也のほうも、どれだけ深刻な容体なのかと思っていた男の元気そうな様子に唖然としてしまっていた。

来合の右手には軽く晒《さらし》が巻かれている。

甚吉が匕首を手に裄沢へ突っ込んできたとき、咄嗟のことで腕ではなく刀身の腹（側面）を払う格好になったため、わずかに手を切ってしまったのだった。しばらく箸を持つには苦労するかもしれないが、前回の宿直番のときに裄沢が負った傷と比べてもずいぶんと浅い怪我で済んでいる。

甚吉を捕まえてからは、その件の後処理をする間は室町に代わってもらいながらもしっかり最後まで見回りをこなし、奉行所に戻った上で帰宅したところだ。受けた傷は浅いとはいえ今日はさすがに真っ直ぐ帰るだろうと予測した裄沢が、刻限を見計らって美也を連れてきたのであった。

裄沢が、太平楽な話しぶりで来合に説明する。

「いや、お前が怪我をしたのが心配だって美也様がおっしゃるから、こうやって見舞いにお連れしたところだ」

来合からは再三に亘《わた》り「要らぬお節介はするな」と警告されていた。しかし、ここで自分が世話を焼かずしてどうやって良いほうへ転がっていくというのか。

――まぁ、殴られることになるかもしれないが、そんときゃそんときだ。

全く躊躇《ためら》うところのない裄沢である。

座敷で座る来合と入り口で佇む美也――二人ともに、まだ立ち直る気配はなさそうだ。そこで、裄沢は続けた。

「じゃあ俺は、家で晩飯が待ってるから」

来合へ背を向けて美也の隣をすり抜ける。

「広二郎！」

「裄沢様っ」

二人の呼び掛けが仲よく重なって聞こえてきた。

裄沢は、いまだ勝手口に立っていた老婆へ笑顔を向けると、気分よく来合の組屋敷を後にした。

第四話　雷鳴

一

裄沢は今日も、「隠密廻りの応援」なる名目で市中を歩く。最初こそのんびりできていいかという考えもあったものの、こうも毎日似たようなことを続けていると、いい加減ウンザリしつつあった。

日ごろは俸禄《ほうろく》を得るためとつまらぬ仕事を忍耐強くこなしてきたつもりであったが、そうした苦行から解き放たれると、なぜか仕事場を恋しく思っている自分がいる。どうにも認めたくない事実だった。

──おんなし隠密廻りの仕事でも、吉原《よしわら》にいさせてくれたならここまで暇を持て余さずに済んだろうによ。

心の内で思わず愚痴が零《こぼ》れた。江戸で唯一幕府公認の遊郭《ゆうかく》とされる吉原の、大《おお》門《もん》のすぐ内側には町奉行所のために設けられた面番所《めんばんしょ》がある。

前述のとおり、隠密廻り同心の仕事は町奉行から直接の指示命令を受けて内偵《ないてい》など秘密の探索に当たることだが、その一方、吉原の面番所に常駐し出入りする不審者の監視に当たることも任務の内だとされていた。手にしたあぶく銭《ぜに》に浮かれて似合わぬ豪遊をしたことから足がついた犯罪者の事例は、昔から枚挙《まいきょ》に遑《いとま》がないのだ。

この役割分担は、現代から見るとなかなか両立し難《がた》いようにも思われるが、探索は主に非番月（ひと月交替で生じる新規案件の受付をしない月）に行い、当番月（新規案件を受け付ける月）に行う場合は一人だけでその任に当たったのか、あるいは内密の探索を命じられて人手が足らぬようになったときには、臨時廻りに面番所の駐在を代わってもらったのかもしれない。

ともかく裄沢は、「隠密廻りの手が足りなくて応援として張りつけられたという建前をとるのなら、無用に町中をほっつき回らせるのではなく、忙しい正規の隠密廻りの代わりに吉原の面番所においてもらってもよいのではないか」と不満を覚えたのだった。

――吉原に出入りする助平《すけべい》どもを面番所で眺めててもやっぱり暇だろうけど、

昼弁当の上《あ》げ膳据《ぜんす》え膳《ぜん》ぐらいはあるだろうからな。

その上、花魁道中《おいらんどうちゅう》をはじめとして普段目にすることのないものを見られるだけでも、ただ町の中を歩き回っているのとは気分が違うはずだ。

益体《やくたい》もないことを考えるのは打ち切りにして、目先のことへ気持ちを切り替える。これから、人と会う約束があるのだった。

昨日、いつもと同じように市中を歩き回って帰ると、備前屋の使いが待っていた。使いから渡された手紙は、備前屋の主嘉平から「お会いいただけないか」という、こちらの都合を問う物だった。

応諾をして使いを帰してやった翌日、指定の刻限までときを潰していたというのが本日これまでやっていたことの実態である。

——備前屋の用事は、まず間違いなく美也のこと。

跳ねっ返りの子分が備前屋に小遣い銭をせびろうとした、赤鬼薬組の件ではないとまでは言い切れないが、あの程度のこと、すでに両者で話が決着していて当然である。もしまだ何か解決していない問題が残っていたとしても、相談を持ち掛けられるのは同地を受け持つ定町廻りの来合になるはずだ。

では、美也について裄沢に何の話があるかとなると、実際聞いてみるまでは予想がつかない。

怪我の見舞いと称して美也を来合のところへ連れていって以降、今のところ美也と来合のいずれからも音沙汰はなかった。

どうなっているのか気にはなったが、ここで余計な者が首を突っ込むことでせっかく上手くいきそうなところを台無しにしてしまってはと思うと、躊躇わないわけにはいかない。あの奥手の来合がこういったときに何を考えどう動くのか、付き合いの古い裄沢にも見当がつかなかったのだ。

そこへ、備前屋からの面談の要請である。何を話されるにせよ、相応の覚悟をもって臨むべきかもしれなかった。


備前屋が誘ってきた先は、北本所出村町《きたほんじょでむらちょう》にある料理茶屋であった。前回とは違って自分の見世に呼ばなかったことからすると、こたびは会っていることも美也に知られたくないような話だろうと思える。

指定された料理茶屋に着き、見世の者に案内を請うた。通された座敷では、すでに備前屋嘉平がこちらの到着を待っていた。

「わざわざお運びいただきありがとう存じます」

大名とも直《さし》で話せる大店の主が、深く頭を下げて裄沢を迎えた。

「いや、ご存じのとおり、お役とは名ばかりの日々を過ごしておりますので。ご招待、痛み入る」

裄沢は軽く返す。

料理茶屋の女中がやってきて酒肴が並べられる間、二人ともにしばし口を閉ざして待った。

若い女中が二人の杯を満たしたところで備前屋が下がらせる。二人きりになり、杯を掲げ合った。

「後は手酌で」

裄沢の申し出に、備前屋は小さく頭を下げた。

料理に箸をつけるのもそこそこに、裄沢は本日の面談と関わりのありそうなことへ話柄《わへい》を振った。

「先日、それがしは美也様を定町廻りの来合のところへお連れしましたが、その後は」

問われた備前屋は小さく首を振る。

「来合様が訪ねていらっしゃったことはございませんし、美也様も手前どもの建物からお出になってはおりません。お手紙を頼まれた者もおらぬようで」

──あの馬鹿……。

来合の組屋敷に美也を伴ったとき、後から供をする者が追いかけてくることになっていたから、その日に大きな進展があって然《しか》るべきだとまでは、裄沢も期待してはいない。とはいえせっかくきっかけを作ってやったのに、その後も自ら関わりを深めていこうとしないとは、どこまで意気地《いくじ》なしなのか。

──仮にも一度は婚儀を結ぶ寸前までいった相手ではないか。しかも、それが破談になったのは当人たちの意向とは全く関わりがない理由であったというのに。

裄沢が心の内で来合を非難する言葉を並べていると、備前屋が思いもかけぬことを口にした。

「実は、先日お城より知らせが届きまして」

「お城から？」

感情を面に表さぬ口ぶりであったから、その後に明かされたことは全くの予想外だった。

「はい。我が娘が、御用屋敷において急な病で亡くなったと」

「それは……」

話に出た備前屋の娘は、かつて一度は将軍の情けを受けた中臈のお満津の方だ。美也が大奥に上がっていたときの庇護者でもあった。

「お悔やみ申し上げます。心中お察し申し上げる」

「ありがとう存じます」

「して、ご葬儀は」

「すでに御用屋敷のほうで済ませたとのことにございました」

親でも葬儀に立ち会えないというのが大奥や御用屋敷にとって通常どおりのやり方なのかどうか、裄沢は知らない。が、桜田御用屋敷へ移ってさほどときを経ないうちの出来事であり、どうにも焦臭《きなくさ》さを覚えずにはいられなかった。

備前屋は淡々と話す。

「娘の葬儀には出られませんでしたが、こちらは勝手に菩提寺《ぼだいじ》で法要を行わせていただきました。その場には、美也様もご臨席くださいまして」

「さようでしたか」

事前に知っていれば、参列させてもらいたいと望んだところだ。

そんな裄沢の考えを察したか、備前屋が言った。

「来合様にはお知らせしようかとも思ったのですが、美也様が反対をなされまして――来合様は手前の娘とは関わりのないお方、お勤めに差し障りがあっては申し訳ないと」

備前屋が来合にも知らせようとしたのは、美也との関わり合いを少しでも増やして差し上げようと考えたためであろう。美也はおそらく、それを判りながらも断った……。

――来合の野郎が、どこまでも優柔不断《ゆうじゅうふだん》だから。

再び、旧知の友への苛立《いらだ》ちが込み上げてきた。

そんな裄沢へ、備前屋が語りかけてくる。

「これは勝手な憶測に過ぎませぬが――手前には、美也様が尼寺へお入りになるつもりではないかと案じられまして」

突然の吐露《とろ》に、裄沢は驚いた。

「それは、大奥で世話になった亡きお方様への供養をなさるためと？」

「もし手前の考えが当たっていたなら、そういうことにございましょうな――なれど、ご当人はご自覚なされておらぬやもしれませんが、他に身の置きどころがないと思い定めた上のことのようにも思われまする」

備前屋は「裄沢様」と呼び掛けた上で話を続けた。

「娘のことは、お城に上げたときに覚悟を決めておりました。父親なれば案ぜずにはおられませんでしたが、こうなってしまえば諦めもつきまする」

「備前屋どの……」

「ですが、せっかく永のお暇を得てお城から下がることのできたお方まで、これより残りの生涯を無為《むい》に過ごすことになるのは見るに耐えませぬ。縁の薄い父親なれど、娘は手前によく手紙を寄越してくれました。それを見ても、美也様のご決意を娘が喜ぶとは、手前にはどうしても思えませぬ。

このようなことを口にするは思い上がりも甚《はなは》だしいと思われるやもしれませんが、実の娘を手放さざるを得なかった手前にとり、美也様は、娘が自分の代わりにと送り出してくれたお方のように思えてならぬのでございます。とはいえ、一介の商人ではできることに限りがあることもまた確か。

裄沢様。無理を承知の上で望みを口にさせていただきます。どうにか、美也様ご自身にとっても、手前の亡き娘にとっても、もっと良いようにものごとを進められぬものでしょうか」

じっと聞いていた裄沢は、しばし沈黙した。顔を上げて、備前屋に問う。

「備前屋どの、今日この後のご都合は」

特別な考えがあるわけではなかったが、考えつくまでそのままにしておいたのでは手遅れになってしまいそうな気がする。

備前屋が自身の見世ではなくこの場を会合に選んだ気配りがまだ必要かは、相手の判断に委ねることにした。

備前屋は迷いなく答える。

「いかようにでも致しまする」

「では、そちらのお見世へ伴ってもらえまいか。美也様と、もう一度お話ができればと存ずる」

——当たって砕けろ。

その場その場の出たとこ勝負でいくと決めた。

「急な願いに即座にお応えいただき、真にありがとう存じまする。では、ご案内を——もう一挺《いっちょう》駕籠を呼ばせますので」

「いえ、道々考えたいこともありますので、それがしは歩きで」

「では、お供を仕《つかまつ》りましょう。手前が乗ってきた駕籠は帰しますゆえ」

出された酒肴にほとんど手をつけないまま、二人して席を立った。

二

備前屋に到着した裄沢は、美也を訪ねてよいかお伺いを立ててもらう間に仏間へ案内してもらった。お満津の方の位牌に線香をあげるためである。

もしかすると会ってはもらえぬかという不安もあったのだが、見世の者から用向きを伝えてもらうとすぐに奥へ通された。

備前屋嘉平は同席せず、座敷にはやはり裄沢と美也の二人以外は、隅に女中が一人控えるだけだった。

「いつも突然やって参りまして、申し訳ありません」

「いえ、このように退屈しておりますので、お目にかかれるのは嬉《うれ》しゅうございます」

笑みを浮かべつつ応じた美也の口調は淡々としていた。備前屋から話を聞いた後だからなのか、すでに決意を固めた表情にも見える。

「それで、今日はどのようなご用向きで？」

美也のほうから水を向けてきたのへ応じた。

「先日、怪我の見舞いで来合の組屋敷へお連れ致しましたが、その後どうなったかと思いまして」

　裄沢様、と美也は睨んできた。

「あのような悪戯《いたずら》をなされるお方だとは、思っておりませんでした」

「ご不快に思われたならお詫びします。ただそれがしとしては、よかれと思ってやったことでして」

「あの場に放ったまま帰ってしまわれたので、たいへんに往生《おうじよう》致しました」

「それは、真に申し訳なく――で、それがしが帰った後、来合のところではどのようなお話を？」

「特段のことは。こちらからは『お怪我は大丈夫でしょうか』ですとか、来合様からは『ずっと息災《そくさい》であったか』とか、そのようなお話を致しました」

「それだけにございますか」

「はい――裄沢様、お見舞いにお連れくださったことは感謝しておりますが、今のおっしゃりようは少々踏み込み過ぎではございませぬか」

「お怒りはごもっとも。お気に障《さわ》ったのでしたら、このとおり何度でも頭を下げます。ですが、面白尽《おもしろず》くで他人様《ひとさま》の内情に立ち入らんとしているわけでないことだけは、はっきりと申し上げておきましょう」

「お心遣いはありがたいのですが……」

判っている。このような気配りをせねばならぬのは、本来ならば裄沢の仕事ではない。

裄沢は、少し違うほうから話を進めてみることにした。

「備前屋どのから、お話を伺いました」

「備前屋様から？」

「はい。美也様が、もしやこの見世を出ることをお考えなのではないかと深く案じておられます」

「……このように受け入れていただけたのはありがたいこととは存じますが、そうそういつまでも甘えているわけにも参りません。私としても、けじめはきちんとつけるべきと考えますので」

「けじめ、にござりますか」

「この先、どうしようという宛《あて》がある身ではございません。なれば、お仕えし可愛がっていただいたお方の菩提を弔《とむら》うのがこれよりの私の勤めかと」

裄沢を真っ直ぐ見て、はっきりと告げてきた。

「得度《とくど》されるおつもりだと――亡きお方は、それをお望みとお考えで？」

「それより他に、ご恩に報いる術《すべ》を知りませぬ――お方様は私がどうするかをお知りになれば呆れ顔をなさるかもしれませんが、『しょうがないわね』と笑って赦《ゆる》してくださることと思います」

「確かに仕方なくお赦しにはなられるやもしれませぬが、それでも残念に思われるように存じますが」

「そのときは、私もあちらへ参ってからいくらでも伏してお詫び申し上げましょう――これより他に、忠義の在り方を存じませぬ」

「確かに、ご恩を報ずべきお方のご意向に沿うことが必ずしも忠義に適《かな》うわけではありませんが、こたびは願いを叶えて差し上げることこそ、それに当たるのでは」

これには、美也は答えなかった。裄沢は再び話を変える。

「お方様は、ご実家であるこちらへはよく便りを出されていたと、備前屋どのには伺っております」

「？　――はい。お手紙を認《したた》めているところは、私もよく拝見しておりました」

「お方様ご自身か、こちらへ来てから備前屋どのから、中身を見せていただいたことは」

「いいえ。備前屋様からそれとなく水を向けられたことはございますが、お方様がご家族に宛てた便りにございます。他人の私が読んでいい物ではございますまい」

裄沢は視線をはずし、一つ息をついた。

「備前屋どのは、美也様を亡くなられた娘御《むすめご》の代わりだと思うておられますそうな。備前屋どのよりお話を伺う限り、それは亡き娘御であられるお方様もご同様だった様子。いずれのお方も、美也様の今後の幸せを何よりも願っておられると拝察致します」

「勿体《もったい》ないお話です」

「なれば、寺入りなどということ、お考え直しなされては」

「寺入りをやめて、どうせよと？　このまま死ぬまでこちらに厄介になり続けよと仰《おお》せでしょうか」

今度は、裄沢のほうが答えなかった。代わりに、一つ願いを口にする。

「ご決断をなさる前に、しばし、ときをお貸しいただきたく」

「何のために、でございましょうか」

「今の美也様のお考えが、美也様ご自身を含めた周囲の皆を一番幸せにする方策とは、それがしには思えずにおります。それは、彼《か》のお方様を引き合いに出した折の我らの話し合いでも明らかにございましょう」

「……よりよい方策があると」

「そう信じております」

「本当にそうでしょうか」

視線をはずした美也が心の中で誰を想い浮かべているかははっきりしている。

「男という生き物は、存外意気地のないものでして」

「あら、切り取り強盗を働く者を捕まえるようなお仕事をされているお方が、そのようなことをおっしゃるのですか」

「咎人を前にするのとは、また違った意気地のことなのですが——それがしの隠密廻り手伝いは名ばかりですけれど、どんなお役に就いているかとは関わりなく、男女のこととなるとトンと見当がつかぬという者も多いのです」

「そういうものでしょうか。少なくとも裄沢様は、今のお話の向きとは違っておられるように思いますが」

この言葉は、美也と来合のことへいろいろとお節介を焼く裄沢への軽い当てつけかもしれない。裄沢は微笑を浮かべて認める。

「多少はそうかもしれません。これでも、いろいろありましたので──美也様は、それがしの妻子について、轟次郎から何かお聞き及びでしょうか」

「いずれのお方も、お若いときに亡くなったとだけ」

「そうですか──それがしは父を早くに亡くしたため十三の歳より町奉行所《ごばんしょ》へ出仕するようになりましたが、そのため仕事を憶えるだけで手一杯、とてものこと家のあれこれまで気に掛けるような余裕はありませんでした。実際、目の前に積まれる仕事の量は、目を回すほどのものがありましたし。

その一方、早く一人前になってもらいたいという周囲の期待があったのでしょう、元服してほどなく嫁を迎えることとなり、その翌々年には娘も生まれました」

何を語ろうとしているのか話の先行きが見えなくとも、美也は黙って聞いている。

「それがしは裄沢の家のためにも精一杯やっているつもりでしたが、夫に見向きもされず、他に頼るべき者もない中で赤子を抱えた妻は身の置きどころがなかったのでしょう。外に男を作って家を飛び出したところ、江戸を出ようとする途中で乗った小舟が転覆し、赤子とともに水底《みなそこ》に沈んでしまいました」

「そのような……」

美也の様子を見れば、来合から詳しい話を聞いていないというのは本当のことなのだろう。

「美也様がおっしゃるような機微《きび》をわきまえるようになったとすれば、それは己自身が痛い目を見た後のこと――目の前に山と積まれた仕事は、己がこなさねばどうにもならぬものと思い定めておりましたが、何のことはない。ただその分、他の者らが楽をしていただけということにようよう気づきまして、そこで初めて目が醒《さ》めましてござります」

淡々と語る裄沢を、美也はじっと見つめる。裄沢は、ふと思い直したように口調を改めた。

「いや、そのときもまだ目が醒めたとは申せませぬな。なにしろ、己を裏切った妻への怒りは煮え滾《たぎ》ったままでしたからな。その怒りを、八つ当たり気味に御番所の面々へぶつけたようなこともあったと思います」

そう言った裄沢は、過去を思い出す目を美也へと移す。

「当時それがしの妻が置かれた状況へ思いを致せるようになったのは、轟次郎と美也様のことがあったからです。あのときは、ご当人たちにとって思いも掛けぬ仕儀とはなりましたが、その折のお二人の相手を想いやる姿を見て、ようよう己の幼《おさな》さに気づかされたのでござります」

「私が来合様のことを想いやったなどとは――」

「いいえ、それがしはこの目でしっかりと見届けさせていただきました――たとえあれから何年ときが経とうとも、やり直せる機会が得られ、いずれもそれをお望みであるならば現実のものとしたい――己のことでもないのに勝手な言い分にございますが、これが、それがしの紛れもない本心にござる」

美也の応えは、わずかに遅れて返された。

「裄沢様はそのようにおっしゃいますが、当事者だったご当人はまた違ったお考えをお持ちなのでは」

紡《つむ》ぎ出された言葉からは、飾らぬままの本音が滲《にじ》み出ていた。

裄沢はキッパリと否定する。

「そんなことはありません。あの男はその後の十年、誰がどう勧めようと見合い一つ応じてはおりません」

「あまりに手酷い手切れのされ方をしたことで、まだ傷が癒《い》えていないのかもしれませんね」

「そうでしょうか。それがしには、いまだお一人のことしか考えられずにここまできたように思えてなりませんが」

「ご冗談を。十年前に年ごろだった娘は、相応の年月を経てもう大年増《おおどしま》にございますよ」

「いずれも息災なれば、一方だけが年を重ねるということはありません。当時似合いの二人だったのならば、互いの想いが変わらぬうちは、何年経とうが似合いの二人のままであり続けましょう」

　裄沢が重ねる言葉に耳を貸してはならぬと自分に言い聞かせるように、美也は首を振った。

「裄沢様のお言葉だけで、それを信じろと？」

　裄沢は溜息をついた。

「ゆえに、不甲斐《ふがい》ない我が友のために、今しばしときをお貸しくだされと願《ねご》うておりまする」

　黙っている美也へ、裄沢は言葉を付け加えた。

「先日、来合が怪我をした折のことにございますが」

「？」

「それがしがお報せに参ったとき、美也様はだいぶん驚かれたやに存じます」

「どなたか、お人の悪いお方がいらっしゃいましたので」

裄沢は頭を下げつつも、詫びとは違った言葉を並べた。

「咎人を取り押さえて怪我をしたとき、それがしもずいぶんヒヤリとさせられたのです。なにしろ、あの頑丈《がんじよう》で腕も立つ来合がグラリとよろめいたのですからな」

それは、と案ずる顔になった美也を宥《なだ》める。

「ご存じのとおり、怪我は大したことはありませんでした——では、何があったか」

問い掛けるとすぐに、自ら答えを口にした。

「寝不足だったそうです。このところよく眠れずに、刃物を手にした咎人を取り押さえて従者に任せ、立ち上がろうとしたところ急に立ち眩《くら》みを覚えたと」

そして、おかしそうに続けた。

「あの丈夫さだけが取り柄のような男が、夜満足に眠れなかったために、体を動かしたとたん立ち眩みを起こす——常の有りようからは、とても考えられぬことです。

　そこまで思い悩むような何があったか。それがしには、たった一つしか思い浮かぶ理由がありません」

　目の前の男が嘘を言っているとまでは思わないが、それでもその裄沢の見方が当《とう》を得ていると信じてよいのか、美也の顔には迷いが表れていた。

　それを読み取ったかのように、裄沢は頷く。

「ゆえに、あとしばしときをお貸しくださいと申しました。これ以上、あいつに逃げ隠れはさせません。たとえ力では敵わなくとも、どのようにしてでも本音を引きずり出してやりますので」

　美也に向かい、はっきりと約束した。

三

「轟次郎、通るぞ」

　来合の組屋敷を訪れた裄沢は、大声で告げるとこの日も勝手に中へ入っていった。ズンズンと廊下を進み、居間へと顔を出す。

「広二郎……」

傍若無人《ぼうじゃくぶじん》な来客が現れるのを座したまま迎えた来合は、次にその背後へ視線をずらした。また裄沢が美也を伴ってはいないかと、あり得ぬとは判っていながら思わず見てしまったのだろう。

裄沢は座敷の中まで踏み入ると、来合の正面で腰を下ろし胡坐《あぐら》を組んだ。

「美也さんは、寺に入るつもりだそうだ」

「え？」

「お仕えしてたお中臈が亡くなったとのことだ。美也さんは備前屋を出て、尼寺入りするとよ」

「……そうか」

お満津の方が亡くなったことは事前にどこかから聞いていたようだ。それでも美也の決意を聞かされて驚いたのか茫然とした様子の来合へ、裄沢は怒りを含んだ声を上げる。

「なぁにボンヤリしてやがる。シャッキリしろいっ」

気合いを入れられても言葉を発しない来合へ畳みかけた。

「お前、このまんま何もしないでいていいのかい。美也さんが尼さんになるのを黙って見送って、後悔しないと言えんのか」

「……だが、美也どの当人がそう望まれるのであれば……」

「誰が望んでるって⁉」

「……」

「お前なぁ。知り合いのところとはいえ、なんで美也さんがこれまで、先のことも決めずにずっと同じところに居続けたと思う。それを思ってやるような心配りもできねえか」

裄沢のもの言いに、さすがに来合もムッとする。

「何を待ってるってんだ。おいらは、お前みてえに相手のことも考えねえで突っ走ったりしねえだけだ」

「何を待ってるって、お前それも判らないほどの愚鈍《ウスノロ》なのか。お前のどこが相手のことを考えてるってんだ、手も差し出さずにそのまんま放っぽらかしにしやがって」

「何も言ってこねえお人を、いってえどうしろって言うんだ」

裄沢は「お前……」と呆れ顔で来合を見やった。

「仮にも相手は大奥で十年もお中臈のお側に仕えてきた奥女中だぞ。それが十五やそこいらの小娘みたいに、ニコニコ笑顔を振りまいて近づいてきてくれるとでも思ってたのか。それともお前の知り合いの奥女中は、主の使いを口実にした芝居見物で気に入った女形《おやま》役者を、長持《ながもち》に隠して大奥に引きずり込むようなスベタなのかい」

「広二郎、お前なんてことを――」

想い人を貶《けな》されて憤激する来合に、裄沢は最後まで言わせなかった。

「おい。お前だってもう、元服したばっかりの尻っぺたの青い小僧じゃねえだろう。度胸決めて、やるときゃあやらねえと死ぬまで後悔すんじゃねえのか。お前、このまんま美也さんを黙って見送って、ホントにいいのか？」

「………」

このままでは、いつまで経っても埒が明くまい。

じっと何かを考えているようにも、堪《こら》えているようにも見える来合へ、裄沢は静かな口調になってひと言問うた。

「なあ。俺が隠密廻りの手伝いなんて妙なお役を命ぜられたのは、いったいなぜだと思う」

急な話題の転換に戸惑いつつ、それを聞いた来合は意外そうな顔になる。

「なぜって、それはお前が――」

「ああ、内与力の深元さんから言われたことは、お前にも伝えたよな。表立った褒美を出せぬ代わりに休みをやるが、与力一人御番所から追いやったことで周囲の目もあるから、懲罰にも見えるふうに装うって――けど、今のこの有り様が、周りの連中から懲罰に見えると思うかい？

　必ずとは言えなくとも、どこで外役の同輩とバッタリ出くわすかもしれないんだぜ。そんとき相手は、なにをやるでもなくノホホンと町をほっつき歩いてるだけの俺のことを、懲罰を受けてると見なしてくれると思うか」

「……けど、その一件でお前を疎《うと》ましく思いかねえ与力の面々は、外役であっても配下の同心を出してやるだけで、ほとんどは御番所の中で仕事をしてんだろう」

　勤務中に外で出会う可能性はほとんどないはずという主張である。

「そうであっても、三廻りが俺ら同心連中のほとんどが望むお役だってことは、当然与力の皆さん方もご存じのはず」

　これには、来合も頷かざるを得ない。裄沢はさらに続ける。

「むしろ俺とおんなし同心の面々は、上手いことやって三廻りの一つに成り上がったと思ったっておかしくあるまい——その意味じゃあ懲罰だといえるかもしれないが、もしそうならこいつは、懲罰に『見せる』んじゃあなくって、ホントの懲罰だ。ただいっときの手伝いに就いただけでこんな妬《ねた》みを受けるような扱いが、ホントに褒美だと、お前さんには見えるのか？

俺の受けた説明が深元様たちの本心だとしたら、たとえば養生所《ようじょうしょ》見廻りの手伝いにして『御番所には顔を出さなくていいから、数日に一度養生所付属の薬草園へ足を運んで視察するようにしておけ』とでも言いつけとけば、悪目立ちしない分だけずっとマシだったろうさ」

「……どういうことだ」

「深元さんには——いや、お奉行様には、と言ったほうがいいかもしれないけど、ホントのとこをこっちに伝えてない別な思惑があるんじゃねえかと、どうにもそんな気がしてな」

「どんな狙いがあると」

「そこがさっぱり判らなかったから、今の今まで黙ってたんだけどな」

「もう今は判ってるってことか」

何か深刻な話になりそうだと、来合は身を引き締める。

「いいや、はっきりはしてないよ」

なんだ、と肩の力を抜きそうになったところへ、次の言葉が被せられた。

「けど、どうにも引っ掛かることがある――美也さん絡みでだ」

「お前が隠密廻りの応援を命じられたことと、美也どのに関わりがあると？」

「深読みのしすぎかもしれないけどな」

そう言われても、来合に放っておける話ではない。

「どういうことだ。ともかく、詳しく話せ」

頷いた裄沢は、順を追って話し始めた。

「まず俺が隠密廻りの手伝いを命ぜられたのは、美也さんがお城を下がったという噂が聞こえてきてから、そう間もないうちだ」

裄沢の話がどうも深刻なほうへいきそうに思えることが気になって、来合には否定したい意識がもたげる。

「それは逆に言やぁ、なんかの意図があってお前を隠密廻りの応援に出すにしちゃあ、ときがなさすぎたっていうことにならねえか」

「根も葉もないようなモンならともかく実際そうなることについて、俺らみたいな末端のほうにまで噂が聞こえてくるのは、ずいぶんとときが経ってからのことになる。美也さんが大奥を出る話は、上のほうではもっと早くから知れ渡っててておかしくない。何より、美也さんが永のお暇をいただきたいという願いを出してから認められるまでに、相応のときが掛かってるはずだしな」

「段取りの話で言やあ逆に、お前が吟味方与力の瀬尾さんとぶつかり合うことになるなんて、お奉行も深元様も予測なんかできちゃいなかったはずじゃねえか」

「ちょうど俺が動かせるようになったんで、上手く当てはめたってとこじゃないか——実際、宿直番で怪我したとこを見て、『普段の仕事は無理だから』って理屈をつけて御番所内の内偵をさせるような方々だからな」

なくなってはいけない保管物が北町奉行所の蔵から消えた一件について、裄沢は来合に詳細は語っていないが、奉行の命で密かに動いていたことだけは伝えてあった。

「ずいぶんと都合のいい話に聞こえるが」

「適当に見繕《みつくろ》ったら偶々《たまたま》俺が使えそうになってたってだけで、そうじゃなかったら別な手立てを考えてたような気がする」

「まあ、ならそいつはそいでいい。で、なんで町奉行が、お城を下がった奥女中に関わろうとしたってんだ」

「そこまではっきりしたことは、さすがに判らないよ。そうかもしれないと、こっちが勝手に思ってるだけだしな——けど、そう思いたくなるほど妙に符合《ふごう》することがある」

「符合すること？」

「美也さんが永のお暇を頂戴してそう間を置かずに、俺が勝手気儘に動ける名目上のお役を命ぜられたこと。そして美也さんがお城を下がってほどなく、お仕えしていたお中臈が亡くなられているということだ」

「……ずいぶんと思わせぶりな言いようだけど、実際にゃあ美也どのの永のお暇と、お仕えしていたお中臈の急死が重なってるってだけじゃねえか。

それとも何か、その二つの出来事とただの町奉行所同心でしかねえお前との間に、なんか深《ふけ》え関わり合いがあるとでも言いてえのか」

裄沢の考えすぎだと胸を撫で下ろした来合へ、裄沢は言い放つ。

「ああ、見過ごしてはおけないぐらいの関わりはある——けどそれは、俺が直接ということじゃなく、轟次郎、お前さんを介しての関わりだ」

「何だと」

「もし俺の考えが当たってるなら、偶々俺が使えそうだとなっていなかったときには轟次郎、お前さんが俺の代わりになってただろうと思うぜ」

「どういうことだ」

「いいか。もし説明されてない何らかの意図で、隠密廻りの手伝いなんぞという実態のない、遊んでてもいっこうに構わないって訳の判らないお役に俺が就かされたとすると、そこには俺に説明できない事情があるとともに、俺が『こんなふうに動くだろう』って期待がお奉行にあってのことだと思われる──そんな事情って何だ？　俺はいったい、どんなふうに動くだろうって期待されてる？

そいつは、俺が実際にどう動いたかってとこから類推できるんじゃないのか──そして現実の俺は、お前と美也さんのことをどうにかしたくてずっと四苦八苦してた」

「お奉行が、おいらと美也どのをくっつけたがってるって？」

「いくら何でもそいつは思い上がりだ。俺がお前と美也さんのことをどうにかしようとしてやった中身は、本来俺とは直接関わりがないはずの美也さんに、こっちから関わってこうとしたってことだ。

それに引きずられて、動きたくても動けないまま愚図愚図《ぐずぐず》しているお前さんまで、多少とはいえ美也さんに関わるようになった──もっともこっちは、どっかの意気地なしのせいで、お奉行からすれば期待はずれに終わってそうだけどな」

来合は、自分への非難も耳に入らぬように問い質す。

「するってえと、お奉行の狙いは美也どのにあるってえのか。まさかあのお人がそんな――」

「落ち着け。俺は、美也さんが何かやらかしたからお奉行が目をつけたなんて言っちゃいない。第一、美也さんが何かやってたとしても、それを町奉行がどうこうしようなんて話になるはずがないだろうが」

「じゃあ、なんで……」

「お奉行が動き始めたのは、俺らの知る限り美也さんがお城から下がった後だ。そして間を置かずに、美也さんが仕えてたお中臈が急死した。そこには、お奉行が何らかの意図で張りつけた俺にも、事情を明かせぬような秘事がある――だとすりゃあ、その秘事があるのはどこだ」

来合にも、ようやっと裄沢の言いたいことがはっきりしてきた。

「大奥……」

前傾していた裄沢がいくぶんか表情を緩め背を伸ばしたことで、来合は自分がその意を察し得たことを知った。

「でも、美也どのが何かやってたとしても町奉行が動くことはねえってえのと一緒で、大奥で何かあってもそいつは町奉行がどうこうするようなこっちゃねえだろう」

「普通ならそうだろうな」

「？」

「いいか。町奉行は、町奉行所の頭《かしら》として奉行所のことだけやってりゃいいってわけじゃない。評定所の一員としてお上の重要な決めごとに加わったり、ご老中から直に呼ばれて意見を訊かれたり、お上の政《まつりごと》そのものに深く関わってる。

一方の大奥は、公方様の跡継ぎが生まれ、お育ちになるところだ。ここは、先々のお上の有りようを決めるところそのものだと言ったって過言じゃない」

「まさか……」

「もし俺のこの考えが当たってたとしたら、俺らみたいな下《した》っ端《ぱ》の小役人が何も事情を告げられないまま振り回されてたとしたって、どこもおかしくはないだろう」

「……けど、それがもし本当だとして、俺らに何ができる」

「ただの奉行所の同心だ。そう大きなことができるわけじゃないのは、お奉行だって承知の上さ。だから、期待されてることだけやりゃあいい」

「？」

「美也さんの周りで不審なことが起きないように、気をつけときゃあいいってこった」

「美也どのが危険に曝《さら》されてるってえのか」

「たぶん、俺らが気を配ってりゃ大丈夫な程度なんだろうけどな」

それを聞いた来合は腰を浮かせかけ、今すぐできることを思いつかずにそのまま尻を落とす。

「で、お前さんの次の非番はいつだ」

「おいらに、何をさせようってんだ」

「まあ、お奉行の期待されてるだろう仕事さ」

四

少なからぬ大名家にも出入りしている植木屋備前屋の菩提寺は、向島の寺島村《てらじまむら》にある妙晏寺《みょうあんじ》という名の禅刹《ぜんさつ》だった。まだ備前屋がもっぱら植木の栽培と卸《おろし》に重きを置いていた何代か前からの付き合いで、さほど大きな寺ではないが、備前屋からの寄進《きしん》により本堂などはずいぶんと立派な物に建て直されているという話だ。

備前屋に仮寓《かぐう》している美也は、先日行われた法要にも当然出席していたが、再びこの寺を訪れたいと申し入れていた。お満津の方との何か思い出の日が近かったのかもしれないし、あるいはいったん固めた決意を裄沢に揺さぶられて、お満津の方の霊前で気持ちの整理をしたかったということなのかもしれない。

この意向を聞いた裄沢は、「自分も墓前で手を合わせたい」と申し出、同行を願った。美也には思うところがあったかもしれないが、自分が大いに世話になったお方の墓に参りたいという裄沢の願いを退ける気にはならず、要望を受け入れたのだった。

当日。寺へ向かう駕籠に乗った美也に、裄沢と、美也につく女中が徒歩《かち》で従う。この日は、備前屋が出した供はこの女中一人だけだった。

裄沢の服装はこの日も着流し。「墓参のお供なれば装《よそお》いは羽織袴《はおりはかま》とすべきところなれど、形の上だけとはいえ隠密廻り手伝いの仕事中ということになっておりますので」と美也へ事前に申し入れ、了解を取った上でのことだ。

身なりに頓着《とんちゃく》しない裄沢はひと目で町方役人と判別されかねない黒羽織しか所持しておらず、一方でどこで同僚に目撃されるかもしれないからには、後で妙な言い掛かりをつけられかねない服装は避けておいた、ということになる。

駕籠は、一面に田畑が広がる中をのんびりと進んだ。

見上げた空は、薄曇りといったところか。陽射しがない分さほど暑くもなく、爽《さわ》やかな風が吹き渡って外出にはよい天気だと思えた。

ところが、目的の寺へ近づいていくほどに、空の雲が厚くなっていく。点在する百姓家以外に建物は見掛けないから、降り出してきたら雨宿りに困ることになるかもしれない。

裄沢はお供の女中や駕籠舁《かご か》きに声を掛け、無理のない程度に足を速めることにした。

前方に、竹藪《たけやぶ》らしきまばらな林が見えてくる。晴天なればある程度遠くからでも中まで見通せたかもしれないが、枝葉の茂った林の中は薄暗く視程《してい》が利かなかった。

風にも湿り気が混じってきたような気がする。ほどなく、遠くで雷《かみなり》が鳴るのも聞こえてきた。裄沢がさらなる指示を出さずとも、皆は自然と急ぎ足になっているようだ。

するとと、黙々と足を動かしてただひたすら前へ進もうとしている一行の行く手を遮るように、林の中からバラバラと数人の男たちが飛び出してきた。

見れば全員が二本差で、あろうことか頭巾《ずきん》で面体《めんてい》を隠している。

裄沢は、急ぎ駕籠の前に出て声を張り上げた。

「物騒な出《い》で立《た》ちをして人が通るのを邪魔立てするとは、その方らはいったい何者か。それがしが北町奉行所の同心だと知った上での狼藉《ろうぜき》なるかっ」

前方に展開した侍どもに叱咤《しった》しながら、裄沢は内心では焦りを覚えていた。

来合には美也が狙われているようなことを言ったし、それは実際に自分が抱いている疑念ではあったが、もしそれが当たっていたとしても、まさか今すぐこれほど思い切った手に打って出てくるとまでは予想していなかった。

せいぜい二、三人ほどの侍が現れて、脅しをかけてくる程度だろうと高を括《くく》っていたのだ。

これは、裄沢が敵対する者への推測を誤ったというより、己の推量がどれほど先を見通せるかという自身の能力を、低く見積もりすぎていたということかもしれなかった。

侍どもは、無言のまま一歩、二歩と近づいてこようとする。そこへ、裄沢らの背後から大声を上げて駆け寄ってくる者が現れた。

「待てーっ、待てぇいっ」

向島の畑地ならば通る者自体が数少なく、たとえいたとしても自分らの姿を見れば逃げ去っていくものだとばかり思っていたところへ、着流し姿の大男が急接近してくるという予想外の出来事に、思わず侍どもの足が止まった。

大男は駕籠に近づくと、裄沢と並んで頭巾の侍どもと対峙《たいじ》した。

「おいらぁ北町奉行所で川向こう（大川以東）を受け持ってる、定町廻り同心の来合轟次郎だ。おいらの縄張りで乱暴狼藉《らんぼうろうぜき》を働こうってえなら見過ごしちゃおけねえ。お前らみんな、神妙にお縄につけっ」

剣術の達者らしい威圧の籠もった声で侍どもへ言い放った。

自分も、そして非番の日に陰供《かげとも》として一行から少し遅れて美也の警固についていた来合も普段着姿である。自分や来合が上げた名乗りを相手が信じてくれるかどうかは判らなかった。

――こんなことなら、黒羽織に黄八丈《きはちじょう》の町方姿で出向いてくるんだった。

今さら悔やんでも取り返しはつかない。裄沢は固唾《かたず》を呑んで、相手がどう出るかを見守った。

侍どもの目が、自分らの背後、一歩下がったところに立つ頭目《とうもく》らしき男へ向けられる。頭目らしき男は、無言のまま軽く顎《あご》を振った。裄沢たちの言葉を嘘と断じたのか、あるいは全てを知った上で、これほどのことをなそうとしているのか……。

指示を受けた侍どもは左手で腰の刀を抉《こじ》り上げ、右手を柄《つか》へ向かわせて鯉口《こいぐち》を切った。いまだ動こうとしない頭目を除いても相手は六人。

「轟次郎」

侍どもが刀を抜き放つのを見ながら、裄沢は小声で並びかけた大男に問う。

「今日は、刃引きじゃなくて本身《ほんみ》（真剣）を差してきたろうな」

町奉行所の定町廻りや臨時廻りは、咎人を「成敗する」のではなく「捕《と》る（お縄にする）」ことがお勤めだとして、打ち込んでも打擲しか与えられない刃引きを腰にしている者が多いのだ。その定町廻りの一員である来合も、非番で家を出るとなれば何の躊躇いもなく本身を身に帯びられる。

裄沢が来合の非番の日を選んで美也の陰供《かげとも》を頼んだのは、たとえ二、三人ほどしか出てこなくとも、どれほどの力量の者が現れるか予測できないと考えたからだった。

おう、という返事を聞いて言葉を追加した。

「向こうは、ここまで思い切ったことをしでかしてんだ。召し捕ろうなんて甘いことは考えるな。お前が失敗《しくじ》れば、美也さんの命はないものと思って立ち向かえ」

こちらが町方二人と名乗ってもなお刃を向けてくるからには、すべてを闇に葬《ほうむ》る肚《はら》を固めていると思わねばならなかった。

来合は無言で刀を抜いた。遅れて裄沢もそれに倣《なら》う。

「広二郎」

今度は来合が呼び掛けてきた。

「美也どのの駕籠は頼む。この状況だと、どう転んでもお前が最後の砦《とりで》んなる」

「！」

出るな、と怒鳴りつけたかったが、できなかった。

相手の侍どもがどれほどの技量なのか定かではなくとも、大奥の秘事に絡んでここまで強引な手に出てきたとすれば、相応の力はあると考えねばならない。

そんな連中を相手に闘える者としては、この場に来合と裄沢の二人だけしかいない。しかも裄沢には、来合ほどの腕はないのだ。

　それでも、わずかに切り抜けられる目があるとするなら、来合ができるだけ向こうの戦力を磨り減らした上で、残った者だけを裄沢が相手する、という一手に限られる。

　それを悟ったのか、居並ぶ侍どもから二人ほどが前へ踏み出そうという姿勢を見せた。

　と、そのとき、辺り一面が光に包まれたのを知覚した瞬間、大地が揺れ耳を劈《つんざ》く大音響が響き渡った。

　その場にいる全員が、何ごとが起こったかとしばし目の前の闘いを忘れる。再び目映《まばゆ》い光が発せられ、大きな音が轟《とどろ》き渡った。それでようやく、何が起こったかが判明した。

　——雷！　ずいぶんと近い。

　一瞬、侍どもに躊躇いが生じたようだった。稲妻が光り雷鳴が轟く中で鋼《はがね》の塊《かたまり》である刀を抜いていれば、そこに雷が落ちてくるかもしれないと恐れたのだ。

　来合は、相手が怯《ひる》んだのを見逃さなかった。自ら敵の真《ま》っ只中《ただなか》へ突っ込んでいった。

「来合様っ」

駕籠の中からことの成り行きを見守っていた美也の声だった。

雷に遅れて、突然叩きつけるような豪雨が降ってきた。

その中を、来合が、相手の侍どもと斬り結ぶ。囲まれてしまっては膾《なます》にされるだけと判っているので、絶えず足を動かし敵が重なって攻撃しづらくなる立ち位置を考えながら、向かってくる刃を捌《さば》き続ける。

相手の侍どもも、まずは一番手強《てごわ》そうな大男から始末をつけんと、来合の隙を狙って忙しく動き回っていた。駕籠昇き二人はすでに逃げ散っており、女の足ならたとえこの場から去ろうとしても十分追いつけると踏んでのことだ。

互いに目まぐるしく移動するその姿は、厚い雲が闇を広げ土砂《どしゃ》降りの雨に視野を狭められて、見定めることが難しいほどだ。雷鳴と豪雨で声も聞き取りづらい中、いずれかが上げる怒声や掛け声が、ときおり細切《こまぎ》れで耳に達するだけだった。

来合と敵方の侍ども、いずれも手傷は負っているかもしれないが、倒れて行動不能になるような者は出ていない。

来合らしき大きな人影はところ構わず駆け回って奮戦しており、多勢を敵に回して互角以上に闘っているように見えるものの、美也のほうへ敵が回り込むのを防ぐのに精一杯で、相手の誰一人に対しても効果的な一撃を与えるには至っていないようだった。

　また、稲光《いなびかり》で周囲が照らされた。

　それは、来合が侍どもと斬り結び、ちょうど囲みを破ったときと重なった。包囲が解けた先には、侍どもの頭目が一人で佇《たたず》んでいる。

　来合は頭目へ向かって足を踏み出しかけた。指示者を屠《ほふ》れば、残りは統率を欠き撤退してくれるかもしれない。

　が、必ずそうなるとは限らない。来合が真っ直ぐ目指せば頭目を斃《たお》すことはできそうだが、背後に残した侍どもが裄沢のほうへ向かってしまうと、自分が蚊帳《かや》の外にいる間に護《まも》るべき一行が全滅してしまうことになりかねない。

　結局、来合は踏み留まる。

　それを見た侍どもは視線で意思を確かめ合い、四人残して二人が背を向け、美也の乗る駕籠に近づいてきた。来合のわずかな逡巡《しゅんじゅん》が、その隙を作ったのだ。

　来合は相手の意図を妨《さまた》げんと動くが、立ちはだかる四人は包囲しようとする動きを取りやめ、駕籠のほうに人手を厚くして来合と裄沢らの遮断に重点を移す。

「くっ、裄沢ぁ」

来合が剣を振るいながら大声を上げた。

裄沢は、近づいてくる相手を見やりながら抜いた刀を構え直した。

駕籠のそばで、美也を守ろうとする女中がひとり震えている。

あまり駕籠から離れたくはないが、相手を自由にさせておくと二人のうち一人が駕籠の向こう側に回りかねない。やむを得ず、自らも前へ進み出た。

それを視界の隅に捉えた来合は焦る。無理矢理にでも血路を開こうと、強引に打って出た。

大胆な攻撃は、得物《えもの》の大振りばかりでなく、踏み込みの力強さや歩幅の増大につながる。大雨で湿った土に、来合の踏み出した足が滑った。

来合の体勢が崩れたのを、敵方は見逃さなかった。一人が袈裟懸《けさが》けに斬り込んでくる。その切っ先は、回避しきれなかった来合の左肩を捉えた。

「ああっ」

駕籠の中からじっと来合の奮戦を見ていた美也が悲鳴を上げた。

来合は膝をつく寸前で何とか持ち直し、上体を真っ直ぐ立てた。しかし、これまでのような獅子奮迅《ししふんじん》の活躍はもうできまい。

そこまで成り行きを見ていた敵の頭目が、刀を抜いて真っ直ぐ来合のほうへ踏み出してくる。一気に片をつけるつもりのようだった。

「来合様……」

美也の、囁くような祈りの声が聞こえてきた。

裄沢の意識も、目の前の敵からわずかに逸れていた。そこにつけ込んだ相手が、突き出されていた裄沢の刀に己の得物を思い切りぶつける。

──！

手にした刀を通じて両手に強い衝撃が襲ってきた。裄沢はなんとか自分の得物は手放さずに済んだものの、身を乗り出すように前にのめった。

相手はすかさず、振り被ったところから二撃目を打ち下ろそうとしてくる。

──失敗《しくじ》った！

己が斬られるのは覚悟し得たが、その後に起こることを思って臍《ほぞ》を噛んだ。

──美也さんを護れなかった。

大奥で陰謀を巡らせることができるだけの勢力であろう敵方の黒幕を、自分が甘く見た結果であった。

しかし、何をしようにももう遅い。斬られる衝撃を身に受けるのを、心静かに待つしかない。

すると、相手の足下しか見えていない自分の顔のすぐ横を、何か黒い物体が風音《かざおと》を唸《うな》らせながら通り過ぎた。

「ぐっ」

自分のすぐ前から息を吐きだしたような声が聞こえてきた。予測した衝撃はやってこない。

ようやく体を起こすと、こちらを斬ろうとしていた相手がよろめいて二、三歩後退《あとずさ》ろうとしているところだった。

その胸元から黒く細長い物がポロリと落ちて、足下の水溜まりで水音と飛沫《ひまつ》を上げた。

こちらに向かってきていた敵はもう一人いる。

慌ててそちらへ目をやると、なぜかその男も足を引きずり、闘争の間合いから離れようとしていた。

――何が起こった？

事態を把握できぬうちに、馬が泥水を撥ね飛ばしながら駆けてくる音が聞こえてきた。

敵が離れたのを確認し、自分もわずかに下がって馬の気配がするほうへ意識の半分を向ける。

侍一人を乗せて向かってくる馬の後方には、徒歩《かち》ではあるが、さらなる手勢が駆け足で寄せてきているようだった。

「鎮まれーっ、双方ともに刀を納めよ」

駆けつけた騎馬の侍は、美也の乗る駕籠のそばで馬を止め、大声を発した。気づけば、雷は遠ざかり、雨もずいぶんと小降りになっている。

騎馬の侍がさらに続けた。

「北町奉行所の出役《しゅつやく》である。これなるは、検士《けんし》(見届役、立会人)として罷《まか》り越《こ》したる吟味方与力、甲斐原之里なり。真剣にて斬り合うような騒ぎを起こしたるを見過ごしてはおけぬ。双方より事情を訊く。全員得物を渡し、神妙に同道せよ」

一騎駆けしてきた甲斐原から遅れている手勢はまだ到着していないが、それもじきに追い着こう。先行した甲斐原はと見れば、馬上で鞘を払った抜き身の槍《やり》を右脇に手挟《たばさ》んで、頭巾の侍どもを睥睨《へいげい》していた。

同心の数は一人、二人と数えるが、与力の場合だと公式には一騎、二騎となる。これは戦時において、同心が足軽格の徒《かち》（歩兵）であるのに対し、与力は騎馬武者として扱われるからだ。

ただし、この太平の世において、実戦前提で槍を片手に馬を早駆けさせられるほどの修練を積んだ者は少ない。甲斐原は、その数少ない一人ということになろう。

相手方の侍どもは、最前までの気迫はどこへやら、狼狽《うろた》えて指示を仰ぐべく皆が頭目へ視線を送った。

「くっ、退《ひ》け」

突然現れてから初めて、侍どもの中から意味のある言葉が発せられた瞬間だった。

侍どもは、怪我をした仲間を庇いながらその場から逃げ去っていく。甲斐原は、馬上から黙ってその姿を見送っていた。

甲斐原の引き連れた手勢がようやく追い着いてくる。しかし、少しでも早く現場に到着せんと懸命に駆けてきたせいか、逃げた敵を捕らえるほどの足が残っているようには見えなかった。

「来合のこと、頼みます」

桁沢はひと声叫《さけ》んで、侍どもの後を追おうとした。

「待てっ。桁沢、追うな」

ところが、甲斐原から意外な言葉が飛んできた。

驚いて見返したが、甲斐原は無言で逃げていく侍どもを見ているだけだった。

ふと、桁沢は自分が斬り合いをした辺りの地面に視線を落とす。

そこには、長さおよそ七寸ほど（約二十センチ）、太さは七分ぐらい（約二センチ）の黒い鉄の棒が、水溜まりの中で半分だけ泥水から姿を現していた。鉄の棒の一端だけが、斜めに断ち切ったように尖《とが》っているのが見える。

踏み出しかけ、思い直してやめた。

——これは苦無《くない》、あるいは棒手裏剣《ぼうしゆりけん》と呼ばれる代物《しろもの》か。

苦無は、短刀の代わりにも、穴を掘ったり板戸をはずしたりするのにも使える便利な道具である。こたび用いられたように投擲《とうてき》用の武器としても使えるのだが、大きい分重量があるため、下手に刀で打ち払えば刀のほうが使い物にならなくなるほどの威力が出せた。

無論、こんな物を普通の武家は所持しない。十字手裏剣などと同じく、忍《しのび》の者が使う忍術道具の一つなのだ。

——ならば、これで俺の危機を救ってくれたのは、御広敷伊賀者《おひろしきいがもの》か。

御広敷は、女だけの世界である大奥と、お城の他の部分との境にあり、大奥のご用を承る幕臣が詰める場所である。御広敷伊賀者は、軽輩《けいはい》としてそこでの雑用に従事するというのが表向きのお役だが、実際には大奥へ侵入せんとする者を密かに排除するなどの、警固の仕事に就いていると言われていた。

あるいは、もしこたびの一件が大奥の大事に関わっているなら、将軍直属の隠密と言われるお庭番《にわばん》だったのかもしれない、とも裄沢は考える。

そして、裄沢を斬ろうとした侍に放たれた苦無は、突き刺さらずに打撃を与えただけで終わった。おそらくはわざと、先端ではなく尻のほうが当たるように投げ打たれたのだと思われる。

ならばそれは、相手をあえて逃がすために違いない。なぜかは深く考えずとも判る。ゆえに、裄沢は自身で追跡するのをやめたのだった。

もはや自分がやるべきことはないと知って、一気に力が抜けた。とたんに雨で張り付いた着物がやたらと鬱陶《うっとう》しくなる。

美也や裄沢らを守るため、独り奮戦して怪我を負った来合のことだけが心配だった。

そちらに視線を向けると、甲斐原が引き連れてきた同心や小者らが集まり、応急の手当てをしようとしているところのようだ。多くの者が囲んでいる中に、濡れている地べたにどっかりと腰を下ろした来合が見える。

その脇には、着物が汚れるのも構わず膝をついて寄り添う美也の姿があった。

――生き延びたのか。

自分がつい先ほどまで命のやり取りをしていたことを含め、全てが本当にあったことではなく、ただただ悪い夢を見ていたような心持ちがした。

裄沢はうっすらと陽が射してきた空を見上げ、大きく息を吐いた。

五

美也を伴った裄沢たちの一行を襲った侍どもは北へ逃れ、向島も突端に近い隅《すみ》田《だ》村《むら》近辺まで達した。この辺りには、寺の他に数軒の大名家下屋敷が集まっている。

途中頭巾だけは脱ぎ、何度も背後を気にしながら怪我をした仲間を庇いつつここまで逃げてきた侍どもは、その中のとある屋敷の門を潜《くぐ》っていった。どう見ても胡乱《うろん》な集団を、屋敷の門番は誰何《すいか》一つすることなく、すんなりと中へ通したのだった。

町奉行所から新手《あらて》が多勢でやってきたときにはどうなることかと危惧《きぐ》を募らせたが、幸いここまで追ってくる気はなかったようだ。しかし、命ぜられたことを果たせなかったため、皆の気分は重かった。

侍どもの頭目は、配下となった者らを解散させ、傷の手当てや休息に当たらせた。当人は、屋敷の奥まで踏み込んでいく。

「ただ今戻りました」

断りを述べて入室した座敷には、老年の侍がただ独り座していた。

「して、首尾は」

「残念ながら……」

座敷で待っていた老年の侍が何か言おうとしたとき、部屋の外で何やら騒ぎが起こっているらしい怒鳴り声が聞こえてきた。

「し、失礼致します」

座敷の外から声が掛かり、応諾を待たずに襖が開けられた。藩士らしい若者が焦った顔を覗かせる。

「何ごとじゃ、騒々しい」

老年の侍が不快げな声を発した。

「は、それが――」

若者が最後まで言い切る前に、新たな男が若者を押しのけるように姿を現した。

闖入者《ちんにゅうしゃ》は、座敷にいる二人を眺め渡して声を上げる。

「それがしは、御公儀目付役、倉本惣太《くらもとそうた》である。お上の御用にて、そなたらとこの屋敷を調べさせてもらう。神妙に控えおれ」

目付の権威は大層なものであったが、そのほとんどは五百石以上の旗本であり、探索など経験を要する業務には不慣れであった。これを補佐するために徒目付や小人目付が下役として配置されている。

しかし、現任者の推薦《すいせん》でほぼ全ての新規登用者が決まる目付にあって、将軍やその側近の意向を受けて配属される者もわずかながら存在した。こうした中には単なる贔屓《ひいき》での抜擢もあったが、実力を買われてその地位につけられた者も少なくなかったのである。

倉本は、幕閣からこうした期待を受けて、御小納戸《おこなんど》より目付に転じられた者だった。なお御小納戸は、将軍の身近にあって身の回りの世話をする、側近中の側近である。

「な……」

目付の倉本から言い渡しを受けた老年の侍は襲撃より戻った頭目を見たが、尾けられた憶えのない頭目は驚き顔のまま首を振るばかりであった。

「こ、ここは大名屋敷ぞ」

老年の侍がなんとか抵抗を試みる。

制度上、目付が管轄するのは旗本御家人までで、大名の統制は大目付《おおめつけ》の職権に含まれている。江戸城内での礼儀作法に誤りがあれば大名でも目付から叱責されるが、予告もなく大名屋敷に乗り込んで思うがままに振る舞うのは異例中の異例であった。

しかし、反駁《はんばく》された倉本は顔色一つ変えなかった。

確かに大名は大目付の管轄下にあるとされるが、この時代の大目付は江戸城留《る》守居役《すいやく》と並んで、歴年の業績を認められた大身旗本が隠居直前に就く名誉職となっている。「取り潰しの決まった藩から城の引き渡しを受ける」といった公式行事での立ち会いは役儀に含まれるものの、その前に行われる「取り潰されるべき藩の調査」などの実務にはほとんど関与しない。

徒目付や小人目付を下僚《かりよう》に持つ目付とは違い、大目付には調査能力を持つ配下が与えられていないのだ。実際に不行跡《ふぎようせき》の疑いある藩などを調べ上げると決めるのは老中であり、その老中からの下命で遠国《おんごく》へ探索に出張るのも、徒目付らの仕事となっているのが現状だった。

「お上のご意向である。ここまで明らかになっていながらの悪足掻《わるあが》きは見苦しいだけぞ」

倉本の返答はただのひと言だけである。

確かに、今さら目の前の目付を追い返したところで心証を悪くするだけであろう。老年の侍も、何も言えなくなった。

下屋敷で突然起こった騒ぎは、襲撃に加わった侍どももすぐに察知をした。裏門より密かに逃れ出ようとした者もいたが、目付の手配りがすでに行き届いており、待機していた徒目付や小人目付に即刻捕らえられることとなった。

屋敷内の押し入れの中に潜んだり、広い庭へ出て木立の中に隠れようとした者についても、なぜかほとんどときを掛けることなく全て発見されたのである。

襲撃の頭目やこれに指示を与えた老年の侍も、目付のあまりに鮮やかな手際《てぎわ》にただ驚き、茫然としているばかりであった。

頭目をはじめとする襲撃に加わった侍どもは皆、思いもかけぬ目付の登場により、濡れて泥にまみれた衣服を着替える間もなく取り押さえられてしまった。その姓名や藩内での役職までがすでに公儀に知られているとなれば、言い逃れる余地は一つもない。

その後しばらく経って、徳川家の親藩の一つが「家内取締り不行届《ふゆきとどき》」との咎を受け、改易《かいえき》（お取り潰し）こそ免れたものの減封《げんぽう》・国替えの沙汰が下った。この藩は江戸城内での席次も下げられ、幕閣に対する発言力を大きく落としただけではなく、大奥を通じて陰から影響を与えることもできなくなったとされる。

同じころ、大奥でも老女と中臈が各一人隠居を申し出、それぞれ桜田御用屋敷と三の丸で隠棲《いんせい》することになったという。

中ノ郷瓦町の植木屋『備前屋』から下働きの男一人が忽然《こつぜん》と姿を消したのは、寺参りに向かった美也が暴漢に襲われたのと同じ日のことだった。とある親藩の回し者だったと知られることもないまま、もしや何らかの騒動にでも巻き込まれたのではないかと案じる見世の皆へ手掛かり一つ残しもせずに、行方《ゆくがた》知れずになってしまったのだった。

六

久しぶりに自身が所属する北町奉行所へ顔を出した裄沢は、己の上役である内与力の一人に奉行の小田切直年への面謁《めんえつ》を願い出た。小者を使いとした連絡を待たずに勝手に出てきたのだが、特に叱責はされなかった。

面謁の願いを出した後は、向島へ出役した吟味方の甲斐原らに改めて礼を言いに行っただけで、それ以外は本来の仕事場である御用部屋の自分の席でずっと待機した。

千代田のお城での勤めを終えた小田切が奉行所へ戻ってさほどときを置かずに、内与力の深元が裄沢を呼びにきた。小田切は、他の仕事を措いて裄沢との面談を優先したようだった。

裄沢は、隠密廻りの応援を命ぜられたときと同じ、内座の間に通された。

裄沢を伴った深元は、奉行の斜め後ろに控える。座敷の中には、奉行、内与力、裄沢の三人だけしかいない。

「裄沢、久しぶりだな」

小田切が声を掛けてきた。

「命に従い、ずっと市中を回っておりました」

「こたびはそなたもたいへんな目に遭ったな」

「お蔭様で、それがしは怪我なく済みましたが」

「来合には気の毒なことをした」

「お奉行様のお心遣いは、見舞いに行った折に当人へ伝えましょう」

裄沢のその言い方に小田切も深元もわずかに引っ掛かるものを覚えたが、指摘はしなかった。小田切が気を取り直して続ける。

「したが、来合もさほどの怪我ではなかったようで、しばらくすれば奉行所へ復帰できると聞いて安堵《あんど》致した」

来合は仕事を休み、己の組屋敷で養生に専念している。「もう大丈夫だ」と起きようとするのを叱りつけて床に就かせたままにさせているのは、備前屋から移ってきた美也だった。

武家の娘としてはあるまじきことなのかもしれないが、当人からすれば命の恩人であるし、かつては結納《ゆいのう》を取り交わすところまでいった二人である。

周囲から誹謗《ひぼう》する声が上がるとは思えないし、もし上がったとしても、近くには早々に叩き潰す気満々の裄沢がいる。

「ありがたきお言葉にございます」

裄沢は、今度は素直に礼を言ったらしく、深く頭を下げた。

「ところで、わざわざ面談を願った用向きは」

当人の意を汲《く》んで部屋に呼んだとはいえ、町奉行にはこなすべき仕事が山積している。早々に本題へ話を移した。

「ほとぼりを冷ますためには、まだいくらかときを置く要はあるかもしれませんが、いつから元のお役へ戻ればよいかを伺いたいと存じまして」

淡々とした裄沢の口調の裏にある本音を問う。

「与えた休みを終えたいということか？」

「そうした偽装ももう不要かと思いましたので」

「裄沢」

小田切の背後から、裄沢の無礼を咎める深元の声が上がった。

小田切は深元を「よい」と制止する。その顔を裄沢に振り向けた。

「なぜさように思ったか、そなたの考えを聞こうか」

　裄沢は、以前来合に披露した己の推測を小田切と深元にも語った。ただし、仕事の上役に話すには憚《はばか》りのある大奥については直接言及せず、できる限りそれとなく示唆するに留めている。

　まあ、美也や美也がお仕えしたお満津の方に触れぬわけにはいかないから、直接言及しないよう気を遣ったとはいえ、ほとんど意味はなかったのではあるが。

　来合に言って聞かせたときには自分でも半信半疑であったところ、腰の重い来合を焚きつけるためとて現実味が増すよう誇張気味にした部分もあったが、実際に襲撃を受けた今となっては確信に近い思いをもって話を進められた。

「以上にござります」

　裄沢が話を終えても、奉行と内与力の二人は口を開かなかった。ために、裄沢が続ける。

「かように考えたゆえ、お奉行様や深元様がそれがしへ付託《ふたく》なされた仕事は終了したと判断し、偽装で与えられた表向きのお役にいつまで従事しておればよいのかとお伺いに参った次第」

「裄沢、それは――」

　どこまでも建前で押し通そうとする深元を、小田切が手振りで止めた。

「さようか。して、そなたは何を望む」

口止めを示唆する言葉に聞こえた。

裄沢は即座に応ずる。

「それがしだけにございますか」

あまりに平然と無遠慮なもの言いをしてきたので、深元は耳を疑った。奉行の小田切のほうは、表情一つ変えない。

「ほう？」

「僭越ながら、お奉行様は、美也様と来合にも借りがお有りだと存じますが」

「裄沢っ、お主──」

深元の叱咤を、小田切はまた止めた。

「北町奉行所が手勢を出したことでそなたらは救《たす》かった。借りか貸しかで申せば、むしろ来合らのほうが借りがあることになるのではないかの」

小田切の反論に、裄沢は激することなくただ首を振る。

「その場だけ見たならさような理屈も通りましょうが、実態はさにあらず」

「と申すは」

「美也様にせよ来合にせよそれがしにせよ、向島で襲われたは、知らぬ間に勝手に囮《おとり》にされたがため。なれば、我らを餌《えさ》として見事功を挙げられたお方には、無断で囮にした者らへ詫びを含めた謝礼があって当然かと思います」

黙っていられなくなった深元がついに口を挟んだ。

「殿、申し訳ありませぬがこれだけは言わせてくだされ――裄沢、いかに手酷い目に遭ったばかりとはいえ、相手をわきまえぬその言いようは無礼千万。どうしてお奉行様がそなたらを囮にしたなどと申す。それが、そなたらの危難を察知し、危ういところで救けに入った者に対するもの言いか」

裄沢は、冷めたままの目を深元へ向けた。

「お奉行様が我らを囮に使ったというのは、正確ではなかったかもしれません――囮に使ったのは、深元様も片棒を担がれたことにございますれば」

「なっ、痴《し》れたことを」

「深元様には、それがしが吟味方の瀬尾様より言い掛かりをつけられたときから、我らを囮として使う構想がお有りになったのでございましょう？」

「勝手な思い込みを口にするな！」

あっさり否定する深元へ、裄沢はさらに続ける。

「瀬尾様がそれがしに因縁をつけてからのことはともかく、まだどのような企《たくら》みをしているのか明らかになっていないうちから、それがしのことを案じて事情を聞きに来てくださったばかりでなく、同輩の水城と並んでわざわざそれがしの『もしもの備え』に手を貸すことまでしてくださったのは、少々やり過ぎでした。

多忙を極めるお奉行様のお仕事全般を補佐する内与力にあって、一番お奉行様の信頼を受け、その分任される仕事も多い深元様が、いかに直属の下役とはいえただの同心にあれほどのご配慮を示されたことは、初めてでございますな——失礼ながら、仕事に私情を持ち込まずキッパリと割り切る深元様の為人《ひととなり》とは違っていて、何が起こったかと内心では困惑しておりましたぞ。

直情径行《ちょくじょうけいこう》な来合だけでは頼りないゆえ、それがしも巻き込もうと考えておられた深元さまにすれば、くだらぬ意趣返しでそれがしが身動きの取れぬようになっては準備に支障が出かねぬとご不安だったのでございましょうな。瀬尾様の様子を見れば何か起きそうだということは十分察せられたゆえ、万全の態勢を取っておこうと、普段はやり付けぬことながら、何も起きぬうちにただ一介の同心の身を案じていろいろと動いてくださった——何があってもお奉行様のご意向を実現せんと邁進《まいしん》する、この慎重さを併せ持った果断《かだん》こそ、いかにも深元様らしゅうございました」

実際には裄沢は、半ばこの場で述べたような違和を感じてはいたものの、もう半分は「雑物の差し替え」の一件に何とか決着をつけた裄沢への感謝の表れかとして納得するところもあった。

こたびの襲撃を経て、その違和感が現実のものと知り、かような理屈を立てたのだ。

しかし深元にしてみれば、己の行動を全て見透かされていたように思えて、すぐには反応ができなかった。

裄沢は続ける。

「結果、瀬尾様は謹慎を申しつけられ、それがしを好きに動ける立場に置くための口実ができたのは、深元さまにとって幸いでしたな。ただ、隠密廻りの応援というのは申しつける役回りとしてはどうにも不自然でしたが、他に適当なお役が見つからない以上はやむを得なかったことなのでございましょう」

深元は苦し紛れの反論をする。

「そなたの言い分には何の根拠もなかろうが」

裄沢は溜息を一つついて、あっさりと論破してみせた。

「向島で我らが襲われ『あわや』となった際、あまりにも都合よく甲斐原様らが駆けつけてくださったことこそ何よりの証――あのようなこと、事前に出役の用意をしただけでなく向島まで出張った上で待機させ、襲うほうにも見張りをつけて、『どこで襲撃を行いそうか』綿密に連絡《つなぎ》を取っていなければ、とうてい実現できるものではございませんから。

それとも当日、向島のような鄙《ひな》びた土地で、かほどの手勢を動かさねばならぬほどの捕り物でもあったところ、偶々出向く途中で襲われていた我らに出くわしましたか。先ほどお礼に伺った際には、甲斐原様はそのような捕り物のお話を一つもなさっておられませんでしたが」

実際に、奉行の命を受けた甲斐原は手勢を連れて出役し、襲撃が行われる寸前まで「江戸城《おしろ》の使い」と称する特徴のない男の指示に従って動いていた。

目的の藩下屋敷へ手を入れるきっかけさえ作れたらその後は目付に任せられるという話だったので、本来ならば襲撃者どもが刀を抜いたあたりで登場し、双方を分ければことは済んだはずだった。しかし突然の落雷と豪雨に連携が大きく乱れてしまったため、来合が負傷するような事態が生じたのである。

その意味で、来合の怪我の責任を問う裄沢の糾弾は当を得たものだったのである。

途中から割り込んだ深元が沈黙してしまったので、小田切が代わりに口を開く。

「そなたは先ほど、そなたらを餌として功を挙げたと申したな。だが、こたびのことによって誰も功など挙げておらん。それは、先般の『雑物の差し替え』のときと同じ――何も起こってはおらぬゆえ、そこには罪も功もない」


大奥でいったい何があったのか――知らせてくれる者はいないし、知る気もない。ただ、憶測するばかりである。

父親である備前屋嘉平や美也からその為人《ひととなり》を聞く限り、お満津の方が騒動の中心で暗躍していたとは思えない。何かあったとすれば、考えつくのは、不遇を託《かこ》つお満津の方が不満を抱いていると思い込んだ誰かが、利用できるとして自身の勢力に組み入れんとしたのではないかというぐらいである。

お満津の方は、そのような誘いには乗らなかったのであろう。そして誘った者らはお満津の方を引き入れられないまま、己らの企みを実行に移した。

企みの中身についても憶測するばかりだが、とても口には出せずとも、大奥という場所を考えればお世継ぎに関する何かではないかという推測はできる。

それが成功したか失敗したかはともかく、内々では騒ぎになって咎人捜しが始まったものと思われる。

探索の手が伸びてきたことは咎人側も察知しただろうが、そうなると自分らが何らかの企みをもって周囲に誘いを掛けていたことを知る者は、それだけで邪魔になる。自分らの身の安全を確保するために、余計なことを知っている者は排除しなければならなくなったのだ。

お満津の方が病を理由に桜田御用屋敷への隠棲を決めたのは、これが本当の理由だったのではないか。ただ、美也を大奥の外へ出したのは、本当に「己の願った本来の生き方を取り戻してほしい」という想いからであったろう。

しかし、咎人たちには、これが「自分らに不利になる秘密や証のようなものを持たせて大奥から逃がし、何かあればそれを公《おおやけ》にする」という、万が一への備えに見えたのではないか。

お満津の方の死が、病か自裁か、それとも誰かの手に掛かったのかは不明だが、いずれにせよ「このままではお満津の方が残した備えが表沙汰にされてしまうかもしれぬ」との焦りからあのような襲撃が行われたと考えれば、いちおうの理屈は立つ。

とはいえ、これは全て裄沢の妄想にすぎない。お奉行の言うように、みんな「なかったこと」とされて闇に葬られてしまうのだ。

ただし、全てなかったことにされたのでは、どうしても気の済まないことはある。

「……我らの命を狙った者らも、罪には問われぬとおっしゃいますか」

裄沢が鋭い目で問うたのはまるで詰問のように聞こえたが、小田切は穏やかに返す。

「そのようなことは起こっておらぬゆえな――ただし、そうしたことをしかねないような者らは、たいがい他でも罪を犯しているものぞ。そちらで十分に裁かれような。

それからついでに美也どのを囮にしたとそなたが非難することについてじゃが、もしこたびのようなことが起こらねば、美也どのは今後もいつ命を狙われるか判らぬような状況にずっと在り続けていたであろうと、儂は考えるのだがの」

「……今後、あのようなことは二度とないと？」

「少なくともこたび襲ってきた奴ばらやその係累《けいるい》は、さようなことはいっさいできなくなるはずじゃ。その他については何とも言えぬが、まあこたびも美也どのは巻き込まれただけのようだし、ありそうにはないの」

その言葉を聞いて、裄沢の顔から険《けん》が消えた。小田切が続ける。

「隠密廻りの応援につけたそなたの役儀がいつまでかという問いであったが、こたび来合が怪我をして休んでいるため、その穴埋めをする臨時廻りの手が足らなくなっておる――ゆえに裄沢、そなたには来合に代わって定町廻りの任についてもらいたい。持ち場もそのまま引き継ぎを致せ」

「それが、それがしを無断で囮に使った見返りにございますか」

「不足なれば、他の望みも聞こう」

裄沢は、「いえ」と首を振った。

「何も起こってはいないゆえ、罪も功もないとおっしゃるならば、それがしは何も求めるつもりはありません――ただし、美也様と来合は別にございます。

美也様は、か弱き女性《にょしょう》の身であらせられるにもかかわらず、あのような怖い目に遭わされておりますし、無事であったそれがしとは違い来合は仕事を休まねばならぬほどの怪我を負いました。それは、重く受け止めていただきたいと存じます」

大奥の中での勢力争いとなれば、ひた隠しにせねばならない秘中の秘。小田切が裄沢らに事情を告げなかったことを責められるものではない。

しかし、その結果起こったことに対しては、責任を感じて当然であろうという思いからの言葉であった。

「何をせよと？」

裄沢は胸を張って応じた。

「先ほどの定町廻りの件、確かにお引き受け致します――ただし、来合の代理として。

怪我が治って復帰した暁《あかつき》には、来合を元のお役にお戻しいただきたいと存じます」

これが他の定町廻りの後釜《あとがま》という話なら、断っていたように思う。しかし負傷した来合の代わりに誰か他の者が定町廻りに就いてしまうと、来合の怪我が治ったからといってその座を快く明け渡すという話になるはずがない。

そのために、あくまでも臨時で「本来、来合が座るべき場所」を留守の間だけ預かろうという考えだった。

小田切は裄沢の求めに難色を示すでもなく続きを訊いてくる。

「して、美也どののほうは」

「そうですな……」

裄沢の脳裏に、怪我で横たわる来合を甲斐甲斐しく世話する美也の姿が映った。あの堅物のことだから、このようになりながら快癒《かいゆ》したからとて美也を家から放り出すようなまねは絶対にすまい。ずいぶんとヤキモキさせられたが、ようやく納まるべき鞘《さや》に納まったのだ。

あと足らぬのは……。

「美也様は八丁堀のご実家とは疎遠になっていると仄聞《そくぶん》しております。もし橋渡しをする要が生じましたら、お力添えをいただければよろしいかと」

十年がかりの祝言だ。なんとしてもきちんと祝ってやりたい。

裄沢の心の内を知ってかどうか、小田切は「心に留めておく」としっかり頷いてくれた。

裄沢は、これでようやく肩の荷が下りたような心持ちになれた。

この作品は双葉文庫のために書き下ろされました。

双葉文庫

し-32-35

北《きた》の御番所《ごばんしよ》 反骨日録《はんこつにちろく》【二】

雷鳴《らいめい》

2021年8月 8 日 第1刷発行
2024年2月16日 第3刷発行

【著者】
芝村涼也《しばむらりようや》

【発行者】
箕浦克史
【発行所】
株式会社双葉社
〒162-8540 東京都新宿区東五軒町3番28号
［電話］03-5261-4818(営業部) 03-5261-4868(編集部)
www.futabasha.co.jp(双葉社の書籍・コミックが買えます)
【印刷所】
中央精版印刷株式会社
【製本所】
中央精版印刷株式会社

【フォーマット・デザイン】
日下潤一

ISBN978-4-575-67066-0 C0193
Printed in Japan